U0653419

红色经典·青少版
★★★★★★

喜看稻菽千重浪
科学家的故事

沈英甲 ○著

长江出版传媒
长江文艺出版社

图书在版编目（CIP）数据

喜看稻菽千重浪：科学家的故事 / 沈英甲著. --
武汉 ：长江文艺出版社，2023.9
ISBN 978-7-5702-2612-2

Ⅰ. ①喜… Ⅱ. ①沈… Ⅲ. ①纪实文学－作品集－中
国－当代 Ⅳ. ①I25

中国版本图书馆 CIP 数据核字(2022)第 056949 号

喜看稻菽千重浪 ：科学家的故事
XIKAN DAOSHU QIANCHONGLANG : KEXUEJIA DE GUSHI

责任编辑：杨　阳　　　　　　　责任校对：毛季慧
封面设计：笑笑生设计　　　　　责任印制：邱　莉　　胡丽平

出版：长江出版传媒　长江文艺出版社
地址：武汉市雄楚大街 268 号　　　邮编：430070
发行：长江文艺出版社
http://www.cjlap.com
印刷：武汉珞珈山学苑印刷有限公司

开本：720 毫米×1000 毫米　　　1/16　　印张：8.25
版次：2023 年 9 月第 1 版　　　　2023 年 9 月第 1 次印刷
字数：84 千字

定价：26.00 元

版权所有，盗版必究（举报电话：027—87679308　　87679310）
（图书出现印装问题，本社负责调换）

目　录

— 1 —

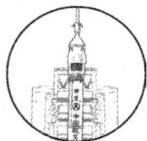

科学家与中国“863 计划”

“863 计划”——中华民族的希望之光

“863 计划”是今天中国人耳熟能详的有关科技和社会进步的一个重要名词，它给中国社会发展带来的巨大进步有目共睹。同样，作为中国科学家第一方阵的旗手，王大珩，这位 20 多年前发起“863 计划”的科学家之一，和其他科学家一起如同民族英雄一般受到人们的崇敬。

让我们把视线投向一个很小的局部。

2003 年 12 月 10 日，瑞士日内瓦，世界信息峰会正在召开。就在当天的会议上，根据会议日程，"世界信息峰会大奖"被隆重颁发给中国"863计划"信息领域多年来支持的"智能化农业信息技术应用工程"。这个奖项的获得标志着中国利用信息技术改造传统农业，促进农村社会经济发展，缩小数字鸿沟所做出的巨大努力，得到了国际社会的承认和好评。

"智能化农业信息技术应用工程"找到了高新技术与传统农业的结合点，找到了信息技术服务"三农"、推进农村信息化和现代化的突破点和切入点，使高新技术应用于农业大面积生产的具体地块、具体农户成为可能，提高了农民的科技文化素质和市场适应能力，充分证明了信息技术在农村大有可为。

"863计划"不但改变了中国人的生活，而且还惠及国际社会，"智能化农业信息技术应用工程"的研究成果已经在越南推广应用，并将通过国际合作渠道逐步向亚洲和非洲的一些国家推广。

20多年前，为迎接全球新技术革命的挑战，加快中国高新技术及其产业的发展，党中央、国务院批准启动了"863计划"。今天，"863计划"不仅使中国在生物、航天、信息、自动化、能源、新材料、海洋等技术领域在国际上占有一席之地，而且在一些方面可以与世界技术前沿直接对话，这极大地增强了中国人自主发展高技术、参与国际竞争的信心。

不仅如此，"863计划"给中国人注入了全新的科学概念，使科学观念深入人心。

有人说，"863"这三个数字捆绑在一起，构筑了中国人现代科学观念的筋骨。若干年前，高科技对很多中国人来说还只是一个模糊的概念，尤其是对普通百姓而言，"高科技"意味着看不见摸不着。高科技从未像这十几年这样惠及过中国人，高科技的概念也从未像今天这样深入人心。

今天，"863"在中国人眼中不再是简单的阿拉伯数字。

"863计划"提出的总体目标是：集中部分精干力量，在高技术领域瞄准世界前沿，缩小与发达国家的差距，带动相关领域科学技术进步，造就一批新一代高水平技术人才，为未来形成高技术产业准备条件，为20世纪末特别是21世纪中国经济和社会向更高水平发展和国防安全创造条件。

"863计划"当初选择了生物、航天、信息、激光、自动化、能源和新材料等七个高技术领域作为未来15年中国高技术研究发展的重点，1996年又增加了海洋技术领域。

当时，生物技术被列为"863计划"首位，连生物学家都连呼"没想到"。因为直到1980年，中国现代生物技术的产值还是零。对此，首任国家"863计划"联合办公室主任马俊如说："没有宏伟的气魄是下不了这个决心的。领域的选择是从战略角度出发的，要突出前瞻性、先进性和带动性，必须为21世纪着想。"

如今处于21世纪，中国已在世界生物技术领域占有一席之地，中国科学家骄傲地宣布：中国科学家已成为人类基因组计划的一员，在基因研究领域站到了世界最前沿。

据专家抽样分析，18年来，"863计划"重点支持的高技术领域的研究开发水平与世界先进水平的整体差距明显缩小，60%以上的技术从无到有，如今已接近国际先进水平，另有25%虽仍落后于国际先进水平，但在原来基础上也有了很大进步。

1991年3月，"863计划"实施5周年之际，邓小平同志挥毫为"863计划"写下了十个大字：发展高技术，实现产业化。

产业化已成为"863计划"最鲜明的特征之一。

"863计划"无疑是当代中国最伟大的科学工程之一。然而，说"863计划"是工程，不仅因其气势恢宏，更重要的是，它冲破了中国科研课题"实验室循环"的怪圈，迅速实现了产业化。

有人将"863计划"形象地比喻成"沿途拣蛋，沿途下蛋"。"沿途拣蛋"即发现好的项目就立刻把它"孵成小鸡"，而"小鸡"一旦成长成"母鸡"，就迅速将新产的"蛋""孵"出来。这个"孵蛋"的过程就是产业化的过程。

"863计划"培育出了高技术产业生长点，不仅极大地带动了中国高技术及其产业的发展，也为传统产业的发展提供了高技术支撑。因为有了"863计划""孵"出的一个又一个的"蛋"，"高科技"这个概念走入寻常百姓家。如今，说起高科技，人们再不会觉得这是个"神秘殿堂"，老百姓家里的洗衣机、收音机都装上了芯片，电视机、冰箱在掀起升级换代浪潮的同时，又刮起降价的风暴，今天，有谁能说高科技与己无关？

自动化技术领域的计算机集成制造系统（CIMS）讨论之初，企业都认为这项技术"离我们太远"。而现在，全国 200 多家企业成为该项技术的试点示范。成都飞机制造厂就是在 CIMS 的帮助下拿到了承包麦道飞机机头和波音飞机尾翼的生产合同。

"863 计划"自 1986 年开始实施，15 年来，在党中央、国务院的领导下，在有关部门和全国各地的大力支持下，经过广大科技人员的奋力攻关，取得了重大进展。据不完全统计，15 年来，"863 计划"共资助项目 6900 余项，获国内外专利 2000 多项，累计创造新增产值 560 多亿元，产生间接经济效益 2000 多亿元。

成就展从不同的层面和角度对"863 计划"15 年来在生物、信息、自动化、能源、新材料和海洋技术领域所取得的丰硕成果进行了立体、生动的展示。参观者可以在海洋领域展馆看到海水无土栽培的蔬菜同样绿油油；也可以在生物领域展馆看看克隆羊、转基因羊；还可以到超导专项展馆亲身体验一下超导、磁悬浮车到底是怎么回事。

说起"863 计划"，人们往往觉得离自己很遥远。事实上，"863 计划"正在把高科技带到人们身边。北京展览馆 1.4 万平方米的展厅成了展示中国高技术成就的殿堂，近千个高技术项目让参观者着实体会到了我们身边的高科技。

"863 计划"让我们看到未来：下班前，用电脑操纵家里的电器为你服务，回家之后，空调已经将房间的温度调整得舒舒服服，而微波炉里的饭菜正冒出诱人的香味儿，连窗帘都提前拉好了！这不是科幻片，而是在"863 计划"成就展上展出的"数字化家庭"。

在超导专项展厅里，一辆悬浮在轨道上的"世纪"号实验车吸引了不少人排队上去体验。有的人坐上去后还不忘用脚使劲踏一踏，想必是想感觉车是否真的悬空了。这辆车是利用常规永磁体的磁场来实现悬浮的，就是通过电流产生磁场，同极相斥使列车悬在铁轨之上，没有载物也就是没人坐的时候，它能悬浮在轨道上方35毫米高，即使坐上去5个人，它也能保持悬浮20毫米的高度，因为有磁场导向力的作用，所以即使在悬浮的状态下，列车运行起来也是很稳定的。

基因技术在这次展会上占了非常重要的位置，科学家讲解说："我国目前获准上市的基因工程药物和疫苗在20种左右，在治疗乙肝、癌症等方面发挥了作用。"

在生命科学展区，一排玻璃鱼箱里，转基因鱼慢悠悠地游来游去，全然不顾围拢在周围的人们好奇的目光。人们还在一个兔笼里看到两只肥大的兔子，它们可不是普通的兔子，这两只兔子身上有人类的蛋白基因，也就是说一只兔子就是一个小小的药物加工厂。展示中，最珍贵的科技生物被认为是克隆山羊"阳阳"。它是国内第二只克隆羊，看起来跟普通的羊没什么不同。但明星就是明星，很多人围着它拍照。在生物技术展厅里，两只转基因羊和一只克隆羊几乎吸引了所有参观者的目光。

"转基因""克隆"，这些年频频在人们视野中出现的字眼，一直在高科技的神秘面纱后若隐若现。今天，当它们以实物的形式出现在人们面前时，人们的兴趣被最大地激发了。

展厅的门口有幅画，画上是丰收的稻田，以烘托正在展出的两系法杂交水稻。

2002年7月初，我在湖南长沙马坡岭国家杂交水稻工程技术中心，再次采访了杂交水稻专家袁隆平院士。时隔一年半，他乐观、开朗依旧，喜欢游泳依旧。

2001年春，袁隆平曾给我讲了一个"禾下之梦"的故事：他曾多次梦见稻禾长得比高粱还高，稻米像花生米那么大，每次做到"禾下之梦"他都欢欣鼓舞，信心倍增。作为一位最重实践的水稻专家，他真是日有所思，夜有所梦。不过，这次他给我讲的却是一个新的梦想，一个"分子水平"的梦想，一个与"遗传、生物工程"相关的梦想，对这个新的梦想，不妨称之为"禾下新梦"。

袁隆平院士告诉我，到2030年，世界水稻产量要比1995年增长30%，才能满足世界人口增长的需要。而土地的承载力是有限的，到2050年世界人口接近或达到100亿，全球性的粮食危机就有可能出现，要解决这个问题必须依靠生物工程，由空气通过光合作用，直接合成碳水化合物，也就是人造食物。这是个极其复杂的技术，因为到现在为止光合作用的机制还没有搞清楚，现代生物技术还达不到这个水平，估计在2030年前不可能。要从根本上解决人类吃饭问题，就必须实现工厂化生产方式制造人造食物。

人造食物能生产就不怕人口增长了，这要植物生理、生化学家，从事工业的工程师一起努力才能解决。

袁隆平院士认为这是一个大工程，他相信，从新技术发展来看一定会实现的。开始不要投入那样大的人力物力，但着手越快越好，目前还没有这样一支队伍。他认为现在可以开始探索，一部分人进行前期探索，采用生化办法，初级产品是葡萄糖，它可以变成淀粉……有了葡萄糖一切都解决了。这个大胆设想经过半个世纪的努力是有可能变为现实的。"那时候，获诺贝尔奖就不在话下了。"他主张超越常规，"大胆设想，小心求证"，没有想象力只能跟在别人后面跑，有想象力才有创新，连想都不敢想何谈创新！他相信，实现人造食物制造的壮举，其意义不亚于爱因斯坦发表相对论，不亚于掌握原子能，不亚于发明电子计算机。

有人问袁隆平院士：发明一种营养，每天摄取一点儿就能提供能量，还能省去吃饭的麻烦，不好吗？袁隆平回答：吃是一种享受，不吃东西那怎么行，不可取。有人设想把植物基因移入人体，人靠晒太阳就能合成葡萄糖，人要是变成"植物人"就不得了了。

他告诉我，他培育成功的"超级杂交水稻"预计在 2001 年到 2005 年之间实现大面积亩产 800 千克，他要争取提前一年实现这个目标。

2004 年 4 月传来好消息，袁隆平在海南的杂交水稻大面积播种试验亩产超过 800 千克，果然提前一年实现了目标。

目前在我国，有一半的稻田里播种着袁隆平培育的杂交水稻，每年收获的稻谷中 60% 源自他培育的杂交水稻，年增产稻谷可养活 6000 万人，相当于三个澳大利亚的人口。数以亿计的中国人已经从袁隆平的梦想中受益。

"863 计划"代表的是更多科学家的梦想，人们等待着这些梦想也变成活生生的现实。

　　在"863 计划"七大领域中，除生物、信息、自动化三个领域成绩突出外，其他四个领域也成就斐然。航天技术领域是"863 计划"的一个重要的高技术领域。航天专家在论证"863 计划-航天技术领域"的目标时，普遍认为我国的航天技术已取得举世瞩目的成就。我国已形成了包括航天器系统、航天运载器系统、航天发射与回收系统和卫星应用系统等配套完善的航天工程体系。航天工程的研究、设计、试制、试验、生产已达到了相当规模和水平，有些方面已进入了世界先进行列。航天技术在国民经济建设和国防建设中的应用逐步扩大，取得了较大的社会经济效益。"863 计划"的实施使我国中断了 30 年的载人航天重新列入了国家计划，而且起点高，瞄准了世界载人航天的前沿——载人空间站系统，这也是我国航天技术腾飞的新起点。

　　2003 年 10 月 15 日上午 9 时，中国第一艘载人飞船"神舟五号"实现了中华儿女几千年的飞天梦想。我当时就在飞船发射场上。我无意中看到身边的几位白发苍苍的院士们正悄悄擦拭眼角的泪花，也抑制不住内心的激动之情，任凭泪水夺眶而出。我联想到我国载人航天工程的第一位首席科学家屠善澄，1992 年初春，在一次关于"921 工程"的论证会上，我第一次见到他。这位早年毕业于美国康奈尔大学，毅然回国参加新中国建设的科学家，当时已经满头华发。说心里话，那时对载人航天何时能实现，我心里没底，觉得遥遥无期，倒是屠善澄院士的翩翩风度给我留下了难忘的印象。

在航天应用技术领域，通过太空环境进行的半导体材料制备，取得了举世瞩目的成就；通过对植物种子进行卫星搭载实验，使青椒、西红柿、稻种等获得了明显的增产效果；发射上天的各种类型卫星，其覆盖率已达到国土面积的 80% 以上；通过卫星进行天气预报，比过去有了更高的准确率。在激光研究领域，大型"神光"激

光器系统的研制成功，使我国成为少数具有聚变实验装置的国家之一，由此产生的 X 射线激光研究，达到了国际先进或国际领先水平；激光打靶实验，也取得了令人振奋的成果。在能源领域，围绕高温气冷堆、快中子增殖反应堆的研制，已攻克了一批关键性的技术；高温气冷堆工程建设已经开工，快中子堆已经立项，设计工作也已全面展开，混合堆专题建设还完善了一些重大科研设施；燃煤磁流体发电技术研究试验也有相当大的进展。在新材料领域，对高技术急需的新材料和现代化材料科学技术的研究，均取得了一批重要的成果，如人工非线性晶体、激光晶体、高温超导材料等，在继续保持我国优势的基础上，又开发出了一批新晶体品种；一批航天工业所需的关键性新材料，如航天隔热材料、高性能固体推进燃料、耐高温高强度材料等，也同样达到了国际水平⋯⋯

"863 计划"还通过建设高技术研究发展基地，带动了一批高新技术产业，探索出了一条中国发展高技术及其产业的成功之路。同时，中国与 20 多个国家在高技术领域还建立了合作关系，与 10 多个先进国家开展了实质性的高技术合作，从而大大提高了我国高技术研究和发展的水平，增强了高技术创新的能力，使我国在世界激烈竞争的高技术领域拥有了属于自己的一席之地。

这些当然不是"863 计划"的全部。

2004 年春天，我有幸会见了"863 计划"的一位负责人，他说，"863 计划"已经在新科学、新技术、新概念、新材料领域开拓了更广阔的发展空间。

如果说中国过去的高科技，如氢弹、原子弹和人造卫星等主要是为了国防的需要和民族的尊严，因而离我们的实际生活多少有些距离的话，那么"863 计划"所实施的高科技则与我们今天和明天的生活息息相关。它如同阳光和空气，弥漫渗透进我们生活的每一个角落，使中国的现代化有了实实在在的内容，使无数中国人千百年来追求的强国梦想不再仅仅是梦想。"863 计划"把 21 世纪的中国推到了世界高科技竞技场上，燃起了中华民族的希望之光，它必将把几代中国人的强国之梦变为现实！

要么崛起要么沉沦

　　1986 年的初春，一连几天，王大珩的思绪一直停留在刚刚结束的关于美国"星球大战计划"的研讨会上。

　　自里根总统的"星球大战"演说以后，国内各方面反响十分强烈。从 1983 年起，国家有关部门就开始多次组织专家学者，从各个方面对"星球大战计划"进行分析、研讨、论证。专家学者们普遍认为：从表面上看，"星球大战计划"只是一个主要针对苏联军事威胁的战略防御计划，但实质上美国是试图通过"星球大战计划"的实施，促进国防科技的发展，进而带动高新技术和国民经济的全面振兴，以确保美国在世界军事、政治、经济中的优势地位。换句话说，美国企图利用"星球大战计划"在高科技领域独占鳌头，最终达到抢占 21 世纪战略制高点的目的。在对这一问题的认识上各方面的专家已达成了共识，但是，在我们应该采取什么对策这个问题上，却仍存在着分歧。一部分专家认为：我们也应该搞；理由是，在科学技术飞跃发展的今天，谁能把握住高科技领域发展方向，谁就有可能在国际竞争中占有优势，我们不能轻易放弃这个机会。还有一种意见认为：从我们当前的国力来看，我国还不具备全面发展高科技的经济实力；现在美国人搞高科技，我们可以先搞短期见效的项目，等他们搞出来以后，我们也有了经济实力，就可以利用他们的成果了。世界上关于"星球大战"的话题已经沸沸扬扬地炒了整整两年。两年间，特别是在刚刚过去的 1985 年，整个世界几乎都行动起来了。各种各样应对"星球大战"的对策、计划纷纷出台，1985 年也因此而成为举世瞩目的"星球大战年"。

从 20 世纪 50 年代便参加了"两弹一星"研制的王大珩，从来不认为最先进的科技能花钱买回来。聂荣臻元帅在《艰辛起步的我国"两弹"事业》一文中，这样评价王大珩的建树：值得一提的是，在解决光学精密机械方面的问题时，长春光学精密机械研究所在所长王大珩同志的领导下，做出了很大贡献。

当时间走到 1986 年的时候，中国面对的问题仍旧是，我们该做些什么。每参加一次研讨会，王大珩心中的焦虑就增加一分，以至寝食难安。

中国怎么办？发达国家诸多"计划"背后是产业调整和技术升级的完成，是经济由劳动密集型向技术密集型的转化，是经济效益的大幅度提高，这一切，将人类历史推进到了新时代。然而，进入

20 世纪 80 年代中期的中国科技界依旧令人不安地悄无声息。

在刚刚开过的研讨会上，专家学者们仍旧各执己见，王大珩真有些按捺不住了。王大珩发言时显得有些激动。他在这个问题上始终是持积极态度的。他认为这是一次世界性的高科技发展机会，中国应该把握住这个机会，积极参与世界性的高科技领域竞争。他认为我们不应该再延误时机了，有关方面应该尽早出台相应的决策！

王大珩一直在积极主动地为政府决策部门提供科学咨询，这项工作是从 1980 年他在中国科学院学部大会上当选为技术科学部副主任（1983 年出任主任）后开始的。

科学咨询历来在国家决策中占有着极其重要的地位。美国国家研究委员会、英国科学政策顾问委员会和苏联科学院都扮演着这一重要的角色。第二次世界大战期间，王大珩在英国就曾听说过这样一件事：当时，英国的粮食有很大一部分要依赖船只运进，但是运输船经常被德国潜艇击沉，这给英国造成了很大困难。为了解决这个问题，英国政府向科学家征询意见。一位数学家依据数学中的概率论提出了船队重点保护的方案。按这个方案实施后，情况果然出现了转机，大大降低了损失率。这个科学家因此为英国顶住希特勒的进攻立下了莫大功劳，一门新兴学科——运筹学应运而生。

王大珩深知在当前世界进入高科技发展的时代，科学思维必将在政府中起到越来越重要的作用，他不能容忍一个科学家因循守旧、不思进取。在技术科学部，他开始接触许多涉及国家各方面发展的问题，对科学咨询问题的思考促使他下决心要打破僵局。王大珩率先在技术科学部提出了变被动咨询为主动咨询的口号，鼓励科学家结合工作中发现的重大问题，积极向有关政府部门提供情况，提出建设性的意见。很快，科学咨询便在科学院内部形成了风气。科学院把科学咨询纳入了议事日程，在各学部中成立了科学咨询委员会，要求各学部积极主动地向政府部门提供科学咨询。

王大珩的直觉在告诉他：目前面临的是一个关乎国家兴废、民族存亡的极为重大的历史关头，换言之，何去何从，做出何种抉择将决定中国在新世纪来临之际，是否会面临被淘汰出局的命运。

2004年4月23日，一位曾多年担任王大珩助手的空间物理学家，在他的寓所给我讲述了"863计划"问世前后，王大珩为了应对美国"星球大战计划"苦苦思索的一些情况。

他记得那是在1984年的夏天，时任中国科学院技术科学部主任的王大珩在经过一段时间的思考之后，召集包括长春光学精密机械研究所、电子学研究所，以及军工口的一些研究所在内的科研院所的有关领导和技术骨干，在科学会堂开了几天会，专门研讨如何看待美国的"星球大战计划"对我国的影响和我们应该采取什么相应的措施。

此时距里根总统发表那个著名的演说一年多时间。

在他的思考中，美国提出"星球大战计划"是想一箭三雕：首先，美国为了带动自己高新技术的进一步发展，需要搞一些大的项目，以形成凝聚力，形成规模；其次，用"星球大战计划"把苏联拖垮，只要苏联拿出钱来跟美国竞争，经济就搞不好，但不参与竞争，美国又会在高技术领域占上风；最后，对美国的欧洲盟国也构成了竞争，欧洲在经济上对美国的依赖不大，但在科技上有差距。

这次研讨会开了几天，形成了一些共识，会议请成都光电技术研究所所长、中国科学院成都分院院长林祥棣整理成文。这份情况汇报由有关部门上报给当时的国防科工委。

不知为什么，一些天过去了，却一直得不到回应。学富五车举止儒雅的王大珩心急如焚，焦于心而形于色，面对机遇与挑战并存的世界，时间的流逝意味着主动权的放弃；历史使命感化作一支鼓槌，重重地敲击在他的心头。

"天下兴亡，匹夫有责"，更何况堂堂的中国科学家！

时间越来越紧迫了，国际风云在王大珩眼前涌动：据报道，美国总统的科学顾问基沃思对"星球大战计划"的进展表示满意。据基沃思透露，目前美国已有可能解决助推段反导弹技术……此后不到半个月，美国"发现"号航天飞机在 260 公里高空、2.8 万公里时速条件下首次进行了陆基激光的反射镜试验，并取得了成功……

据英国报刊报道，英国以史密斯教授为首的 20 多名科学家在研究光计算机方面取得重大进展，但英国政府迟迟未向其提供研究经费。美国国防部得到这个消息后，立即从"星球大战计划"经费中拨出 15 万美元给史密斯。若美国获得此项成果，将对"星球大战计划"带来革命性的影响……

一个宏伟计划的诞生

忧患兴邦，"863 计划"的诞生再次印证了这个古训。

美国的"星球大战计划"出台后，王大珩受到了极大的震撼。作为一名有着战略眼光的科学家，他必须把眼光放得更长远一些，必须在国家战略的高度上思考中国的科技发展问题，必须考虑中国在 21 世纪的国际地位、竞争能力以及发展前景问题。中国"两弹一星"的发展历史使他深刻体会到，在高科技问题上，"有一点儿"和"一点没有"是大不一样的。当初中国有了核武器，对全球的战略格局就产生了重大影响，中国当初要是没有"两弹一星"，就会长期处于核武器的威慑之下，也就不可能有今天这么高的国际地位。凭他的经验和直觉，他感到这是一个千载难逢的大好历史机遇，中国若是抓不住这个机遇，必将陷入万劫不复的沉沦。

在挑战和机遇的双重压力下，中国的科学家们开始了对中国高科技发展问题的苦苦思索。就这样，在共同的使命感驱使下，1986 年 2 月的一个寒冷的冬夜，陈芳允敲响了王大珩家的门。

陈芳允是我国著名的无线电电子学家和卫星测控专家，中国的第一颗人造卫星"东方红一号"的测量控制就是由他主要负责的。要认出这位大科学家，只要记住他两个特点就错不了：一是自己给自己理发；二是自己给自己缝补衣服。这位在中华人民共和国成立50 周年之际，与王大珩等 23 位科学家共同荣获"两弹一星功勋奖章"的著名科学家，生活异常俭朴，做人也十分本分。所以每当出门在外，这位大科学家不是被人误认为看门的老工友，就是被误认为工厂的"老师傅"。

美国提出"星球大战计划"后，"中国该怎么办"这个问题同样萦绕在他的脑际。

陈芳允清楚地记得，在美国"星球大战计划"出笼之前，当时针对世界高科技的发展趋势，中央已经开始考虑迎接新技术革命的对策问题了。美国"星球大战计划"出台后，有关部门便组织专家进行了座谈，提出过要采取对策的设想，但在具体的行动上，并未真正落实下来。1983 年 11 月，国务院经济技术研究中心组织了全国上千名专家，对如何发展新技术的问题进行了研究，并在此基础上提出了长达 150 万字的《中国迎接世界新技术革命浪潮挑战和机会对策的研究》。

1986 年初，国防科工委召开了国防科技计划会议，研究国防科技的计划和今后发展问题，陈芳允出席了这个会议。会上，专家们提出了不少国防科技中亟待解决的问题，但陈芳允还是感到，对真正的高科技的发展问题讨论得还很不理想，一些预研工作和长远设想还远远不够。他在会上发言说："在科学技术飞跃发展的今天，谁能把握住高科技领域的发展方向，谁就可能在国际竞争中占据优势。我国的经济实力不允许全面发展高科技，但我们在一些优势领域首先实现突破却是可能的。"

王大珩对陈芳允的发言给予有力的支持。

当天傍晚，利用散步的机会，王大珩与陈芳允、周光召等人又就一些问题进行了探讨。

会议结束后，陈芳允并没有觉得自己已经尽到责任，感到很有必要找自己十分敬佩的王大珩再深入探讨一下。

1986年2月这个寒冷的深夜，北京中关村，当代中国科技史上的一个具有历史意义的时刻就这样开始了。

两位科学家认为，面对美国的"星球大战计划"，中国不能置若罔闻，无所作为，这是关系到一个国家的国力和国威的问题。中国现在虽然已经有了原子弹、氢弹和人造卫星，但如果不能继续跟进的话，一旦落伍，国力就会受到很大影响。高科技有和没有，是绝对不一样的。

陈芳允说："我想，事不宜迟，不能再坐失时机，我们应当马上动手给中央领导写一份关于发展我国高技术的建议，供中央决策时参考。"

1986年2月的这个晚上，王大珩怀着对历史对祖国的不可推卸的责任感，拿起了笔，他从没有像今天这样感到一支钢笔竟有如此的分量。他能想到，今天晚上他所做出的抉择就是国家和民族的抉择，因为他感到，身边此刻仿佛站立着整个中华民族。

王大珩写道："为了我国现代化的继续前进，我们就得迎接这新的挑战，追赶上去，绝不能置之不顾，或者以为可以等待10年、15年……必须从现在抓起，以力所能及的资金和人力跟踪新技术的发展进程。须知，当今世界的竞争非常激烈，稍一懈怠，就会一蹶不振。

此时不抓，就会落后到以后翻不了身的地步……在整个世界都在加速新技术发展的形势下，我们若不急起直追，后果是不堪设想的。千里之行，始于足下，因此事事关我国今后的国际地位和进入 21 世纪后在经济和国际方面能否进入前列的问题，我们不得不说……"

王大珩回忆说，这份建议书前后写了一个多月，修改整理了多遍，最后终于形成了《关于跟踪研究外国战略性高技术发展的建议》的初稿。

在这封建议书里，主要写了这样几个迫在眉睫的问题：

一、高科技问题事关国际上的国力竞争，中国不能置之不理。

二、在关系到国力的高技术方面，首先要争取一个"有"字，有与没有，大不一样。真正的高技术是花钱买不来的。

三、鉴于我国的经济情况，从事高技术的规划与范围，无法与工业发达的国家相比。因此，必须"突出重点、有限目标"，强调储备与带动性。

四、积极跟踪国际先进水平，要能在进入所涉及领域的国际俱乐部里，占有一席之地。

五、发挥现有高技术骨干的作用，通过实践，培养人才，为下一个世纪的发展做好准备。

六、时不可待，要有紧迫感，发展高技术是需要时间的，抓晚了就等于自甘落后，难以再起。

建议书写好后，王大珩当即交给陈芳允提意见。陈芳允在建议书中补充了高科技与国民经济的内容，随后信分别送到了王淦昌和杨嘉墀的手上，他们也是"两弹一星功勋奖章"的获得者。

王淦昌是世界著名的核物理学家，"两弹一星"的大功臣。早在20世纪五六十年代，王淦昌就在苏联杜布纳联合核子研究所的高能加速器上发现了反西格马负超子，震动了世界。从1961年至1978年，王淦昌为了研制中国的第一颗原子弹，出于保密的需要，将自己的名字改为"王京"，隐名埋姓长达17年之久，直到1978年才出现在全国科学大会的主席台上。

杨嘉墀是我国著名的航天专家。这位当选过国际自动控制联合会空间委员会副主席、国际宇航联合会执行局副主席、国际宇航科学院院士的科学家，曾参加过我国第一颗人造卫星、第一颗原子弹和"返回式"卫星、"实践1号"卫星以及"一箭三星"的研制和设计工作，尤其在卫星的自动控制方面，为祖国做出了杰出的贡献。1983年，这位老人不再担任行政领导任务，而是出任中国空间技术研究院科学技术委员会副主任，从此他将更多的目光投向世界，开始从国家战略的高度，着重思考中国空间技术的前景及高技术的发展问题。

王淦昌和杨嘉墀两位科学家看过王大珩起草的建议书后表示完全同意。

在对建议书进行了逐字逐句的推敲定稿后，四位科学家郑重地签上了自己的名字：王大珩、王淦昌、杨嘉墀、陈芳允。

随后，王大珩又给邓小平等中央领导人写了一封内容简短的亲笔信。

"863 计划"实施 18 年后的今天，我们始终没有看到四位科学家的建议书的全文。2004 年 3 月中旬的一天，我问王大珩院士："我们一直没有见到建议书的原文，这是怎么回事？"

王大珩半开玩笑地说："在建议书中，我们写了这样的话，'少买点外国高级轿车，中国搞高技术的钱就有了……'"

这是高度情绪化的流露，但是它明白无误地表明了中国科学家与祖国和人民同呼吸共命运的立足点。

在征求过陈芳允、王淦昌、杨嘉墀三位科学家的意见，并做了必要的修改后，1986 年 3 月 3 日，王大珩把这份材料交给了时任技术科学部副主任的张宏，当天晚上张宏就将这份材料送到邓小平秘书的手中。仅仅两天后，也就是 3 月 5 日，批示便下来了。

邓小平做出批示后，国务院很快会同有关部、委、院、所，组织了几百名专家，进行了周密的调查论证，在充分论证的基础上，制订出了《国家高技术研究发展计划纲要》。

1986 年 11 月 18 日，国务院正式发出了《国家高技术研究发展计划纲要》。至此，一个面向 21 世纪的中国战略性高科技发展计划正式公之于世。

根据王大珩等科学家提出的建议，《国家高技术研究发展计划纲要》采取了选定有限项目实行重点突破的方针，重点选择那些对国力具有重要影响的战略性项目，强调项目的预研先导性、储备性和带动性，并按照中央领导的指示，实行军民结合、以民为主的原则，这是一个跟踪国际水平、缩小国内外科学技术上的差距、在有优势的高技术领域创新、解决国民经济急需重大科技问题的国家高技术发展计划。由于四位科学家写信的时间和邓小平批示的时间都是1986年3月,《国家高技术研究发展计划纲要》又被简称为"863计划"。

由中国科学家联手推出的"863计划"就这样问世了。

1996年,在"863计划"实施十周年的日子里,王大珩在谈到自己和另外三位科学家对这个历史性计划所起的作用时,他只说了这样一句话:"我们只不过起到了一点催化剂的作用。"

100个亿启动"863计划"

四位科学家的建议书得到邓小平批示的消息,像春风一样吹遍了中国的科技界,反响异常强烈。无论是在国家科委机关、国务院各个部委,还是中国科学院的研究所,人们备受鼓舞,一时间宏论纷纷,普遍认为中国的高科技问题该提到议事日程上来了。科学家们敏感地意识到,又一个科学的春天就要到来了!

钱学森在一次座谈会上说:"来自世界的种种信息表明,一个国家如果到了21世纪仍不能以科学技术立国,就不能在世界民族之林立足。"

科学家们的共识是:不努力在主要高技术方面缩小同先进国家的差距,无疑将影响下个世纪我国经济、科技的振兴,如果在空间时代无所作为的话,到了下个世纪我们在科学技术方面就会落后,就会处于被动的地位，等于失去了我们21世纪在世界上的发言权。

就在邓小平批示后的第四天，即1986年3月8日，国务院便召集有关方面的负责人，对王大珩等四位科学家的建议进行了充分的讨论。会议认为，这份建议书的内容与国际上正在兴起的第三次科技浪潮完全合拍。它的出现，对中国目前高科技的发展有着积极的引导意义。会议也指出，中国的高科技不能单指国防，还应包括民用，"军民结合，以民为主"。会议最后决定，由国家科委主任宋健和国防科工委主任丁衡高负责组织论证我国高技术发展计划的具体事宜。

此次会议结束后的第三天，国务委员张劲夫邀请王大珩、杨嘉墀、王淦昌、陈芳允四位科学家到自己的办公室，专门就建议书中所提到的关于中国的高科技发展问题，做一次深入、详尽的交谈。建议书能得到中央领导如此重视，这么快就得到回音，这是四位老科学家所希望的，但又让他们感到事情发展如此之快，思想准备倒显得不足了。当他们怀着欣喜的心情走进张劲夫的办公室时，张劲夫已等在那里了。

张劲夫早在20世纪50年代便是中国科学院的党组书记，与四位科学家是相识相知的老朋友。

在一个小时的谈话中，张劲夫详细听取了四位科学家的意见，并就建议书中所涉及的几个问题，做了详细的询问。四位科学家一一作答，谈得十分细致。

高科技需要高投入，经费问题无疑是迈出第一步的最重要的前提之一。

"这个计划的经费你们估算过没有，大约需要多少钱？"谈话快结束时，张劲夫终于问起了这个让几位科学家反复思考过却感到难于回答的问题。

提到了钱，四位科学家显得既敏感又迟疑，面面相觑，谁也没有先说话。

别看四位科学家在中国和国际科学界遐迩闻名，可一旦说到钱就有点张不开嘴，不知如何是好了。搞高科技没有相当的投入当然不行，但是国家现在还很穷，不可能拿出更多的钱来搞高科技，说多了，说了等于白说。若是真把钱说得太多了，他们担心，可能不但得不到所要的经费，恐怕跟踪世界高科技的打算也实现不了。

张劲夫似乎猜透了四位科学家的为难之处："说吧，没关系！你们说个差不多的数字出来，我好向国务院领导汇报。下一步做经费预算时，也有个根据。"

王淦昌这才迟疑地说："能省点钱就尽量省点吧。我看，一年能给两个亿就行。"

这就是我们的科学家，他们一切行动的出发点就是维护国家、人民的根本利益。

据那位空间物理学家回忆，这两个亿的提法来自这么个思路，当时全国有10亿人口，每个鸡蛋0.2元，如果全中国人每人每年少吃一个鸡蛋，就能有两亿元人民币用于发展中国的高科技。对于美国的"星球大战计划"，我们不能小看它，不能忽视它，不能置之不理！我们必须拿出一点小钱来，在高科技领域进行跟踪。

四位科学家清楚地知道，对人口 10 亿的中国而言，用两个亿去搞高科技，实在是杯水车薪，少得可怜。但国家目前正处在改革开放的初期，什么地方都等着用钱，僧多粥少，能有两亿资金先干起来，也不是赤手空拳。他们无论如何也想不到，中央批的专款竟是 100 个亿！

谈话一结束，张劲夫便向国务院领导做了详细的汇报。

1986 年 4 月，全国 200 多名科学家云集北京，开始讨论研究《国家高技术研究发展计划纲要》。

从 1986 年 3 月到 8 月，国务院先后召开了七次会议，组织专家讨论制订《国家高技术研究发展计划纲要》。为了使这一计划更加切实可行，把风险降到最低限度，国务院科技领导小组用了近半年的时间，组织了 200 多位各个领域的专家，分成 12 个小组，对计划进行了反复的探讨和论证；随后又经过三轮极其严格的科学技术论证，最终形成了《国家高技术研究发展计划纲要》，即"863 计划"。

《国家高技术研究发展计划纲要》从世界高技术发展趋势和中国的需要与实际可能出发，坚持"突出重点，有限目标"的方针，共选择了七个领域的 15 个主题项目。这七个领域是：生物技术、航天技术、信息技术、激光技术、自动化技术、能源技术、材料技术。其中确定了"863 计划"的目标是：积极跟踪国际高技术发展动向，并有所创新，培养科技人才，实现高技术产品的商品化、产业化，为下个世纪国家发展储备后劲。

1986 年 8 月，国务院常务会议通过了《国家高技术研究发展计划纲要》。

　　《国家高技术研究发展计划纲要》以最快的速度送到了邓小平手里。邓小平的批示是，建议立即组织实施。

　　1986 年 10 月，中共中央政治局召开了专门扩大会议。会议经过认真研究，批准了《国家高技术研究发展计划纲要》。这是中国唯一的一个由中央政治局召开扩大会议通过的科技计划。而且，为了更好地推动这一计划的顺利发展，中央政治局还正式做出决定：拨款100 个亿！

　　1986 年 11 月 18 日，国务院正式颁布了《国家高技术研究发展计划纲要》。经过组织有关专家的周密论证，"863 计划"于 1987 年 2 月开始组织实施。

中国科学家的共同信念

　　2004 年，王大珩年届九旬，作为一位世界著名的光学家，他的左眼已经完全失明，右眼也只有很微弱的视力，光对于他更多的是存在在大脑中的色彩纷纭的记忆。王大珩的这番话也许可以作为他一生追求的注解："我从小没有什么志向，只是想到自己是个中国人，就应该为自己的祖国多做些事情。至于做什么事情，我想得不多，也没怎么去想，反正遇到什么事情就做什么事情，就尽量做好什么事情，碰上有机会就发展，不丢掉机会就行。我后来之所以走上了科技救国的道路，完全是顺其自然的结果。搞上光学这个专业，也是偶然。我想既然搞上了这么个专业，就应该搞出点名堂。有一点我是很明确的，那就是，一个人活在世上，总应该有点精神。我觉得一个人最重要的一点，就是看你一生到底是为我们的民族服务，还是为自己服务。"

中国"863计划"实施以来，有成千上万的科学家投入了各个领域的研究。他们以中国科学家特有的吃苦耐劳的奉献精神，创造出令世界惊异的科学奇迹。

我们想起了两段往事：

1955年历尽艰辛从美国回到祖国的钱学森，面对时任哈军工校长的陈赓大将问及的中国能不能造导弹的问题，钱学森充满自信地回答："有什么不能的，外国人能造出来的，我们中国人同样能造出来，难道中国人比外国人矮一截不成！"

一天，军旅女作家马晓丽与一位青年科学家谈起王大珩，这位青年科学家说："你发现没有，有一种很有意思的现象，在他们那一辈真正留过洋的老科学家中倒很少能找到崇洋媚外的心态，你知道这是为什么吗？告诉你，崇洋媚外与妄自尊大一样，绝对是一种盲目的心态，是非理性的。洋鬼子其实也同鲁迅先生笔下的土鬼一样，只听人说起、没见过时最可怕，待到真的面对面较量的时候，就说不上是谁怕谁了。"

"不信你可以去访一访王大珩先生，或者随便访访哪一位从国外回来的老一辈科学家都行，你不妨问问，他们可曾有过崇洋媚外的念头?"他很自信地笑了笑说,"我可以把话说在前头,他们绝对不会有的!"

于是马晓丽就去问王大珩,老人想都没想就用平淡的语气回答说:"没有,我们这些人好像都不大会有的。"

"为什么呢?"

"为什么?"老人这回很认真地思考了一下说,"可能是因为我们清楚哪些是该羡慕的,哪些是不该羡慕的吧。"

王大珩想了想又说:"还可能是我们了解他们,曾经与他们共过事,大家彼此彼此吧!"

"是不是因为你们曾经同他们面对面地较量过,知道他们不是对手呢?"马晓丽问。

老人微微笑了一下说:"这种事情不大好说。总之,有一点我们心里是很清楚很有底的,就是真正做起事情来,我们中国人绝不会比人家差。"

钱学森、王大珩、罗沛霖、袁隆平等中国科学家享誉世界,我们荣幸地拥有许多这样的科学家。

王大珩,中国共产党党员,中国科学院院士、中国工程院院士,国际宇航科学院院士,杰出的战略科学家、教育家,著名应用光学家,中国光学事业奠基人之一,被誉为"中国光学之父"。1915年2月26日生于日本东京,原籍江苏苏州,1936年毕业于清华大学物理系,1938年赴英国留学,攻读应用光学专业,获硕士学位。1948年回国。20 世纪 50 年代，主持研制成功中国第一锅光学玻璃、第一台电子显微镜、第一台激光器。1986 年 3 月，与王淦昌、陈芳允、杨嘉墀联名提出发展高技术的建议（"863 计划"），还与王淦昌联名倡议并促成激光核聚变重大装备的建设。1992 年与五位科学家倡议并促成中国工程院的成立。1999 年荣获"两弹一星功勋奖章"。2011 年 7 月 21 日，在北京逝世。

王淦昌，中国共产党党员，著名核物理学家，中国实验原子核物理、宇宙射线及基本粒子物理研究事业的先驱和开拓者。1907 年 5 月 18 日出生于江苏常熟，1929 年毕业于清华大学物理系，1933 年在德国柏林大学获博士学位。1955 年当选为中国科学院学部委员（院士）。1961 年奉命研制核武器，隐姓埋名 17 年，参与我国原子弹、氢弹原理突破及核武器研制的试验研究和组织领导，为我国核武器研制做出了巨大贡献。1982 年，因为发现反西格马负超子，获得国家自然科学奖一等奖，1998 年 12 月 10 日，王淦昌在北京逝世，1999 年被追授"两弹一星功勋奖章"。

陈芳允，中国共产党党员，无线电电子学家，中国卫星测量、控制技术的奠基人之一，中国科学技术大学和国防科技大学教授。1916 年 4 月 3 日出生于浙江台州黄岩，1934 年考入清华大学机械系，一年后转入物理系。1980 年当选为中国科学院学部委员（院士），1985 年获国家科技进步奖特等奖，1988 年获国防科技进步奖一等奖，1999 年获得"两弹一星功勋奖章"。他长期从事无线电电子学及电子和空间系统工程的科学研究和开发工作，著有《无线电电子学的新发展》《卫星测控手册》等专著，发表学术论文 30 多篇。2000 年 4 月 29 日，陈芳允院士逝世。

杨嘉墀，中国共产党党员，著名空间自动控制学家、航天技术和自动控制专家、仪器仪表与自动化专家，中国科学院院士，国际宇航科学院院士。1919 年 7 月 16 日出生于江苏吴江，1941 年毕业于上海交通大学，1947 年赴美国哈佛大学应用物理系留学，获硕士和博士学位。1956 年回国后，致力于中国自动化技术和航天技术的研究发展，参与制订了中国空间技术发展规划，领导并参加了"东方红一号"等卫星的总体及自动控制系统的研制。他多次参与中国空间计划方案论证工作，主持人造卫星姿态控制系统的研究与发展，在三轴稳定的返回式卫星和科学探测卫星的发展中做出重大贡献。1999 年 9 月，获"两弹一星功勋奖章"。2006 年 6 月 11 日，杨嘉墀在北京逝世。

科学需要人的全部生命

——写在两院院士罗沛霖九十华诞之际

永不止步的探索者

1999 年 10 月，在我陪同王大珩、罗沛霖等院士来到巴丹吉林沙漠的时候，我认为自己见证了生命的奇迹。

王大珩院士当年 85 岁，罗沛霖院士当年 86 岁，我跟在他们身后，在五六层楼高的观测塔上爬上爬下，不由气喘吁吁。我不禁问自己，如果能活到他们这个年纪，我还能做什么？

在巴丹吉林沙漠安详、明亮的圆月下，罗沛霖院士得知我对使用计算机缺乏兴趣也一窍不通，并没有流露出吃惊的表情，而是慢慢说道，你看，我现在的文稿都是我自己在计算机上写的，连贺卡、寄信都是通过计算机完成的，方便得很。大漠的寒风拂动着他们的华发，我本来想说诺贝尔奖获得者李远哲就不会用计算机，但悄悄咽了回去。谁知回到北京后才几天，罗沛霖院士就托人给我送来了一套"汉王笔"。

这真是难得的人生启迪！

从这以后经过一段时间的努力，我终于能够熟练灵活使用计算机了，成功"脱盲"。

一晃四年过去了，2003 年 10 月，我约请罗沛霖院士为科技日报写了一篇文章，内容极具前瞻性，他预言在信息时代之后来临的应是一个文化信息时代。毋庸置疑，年届九旬的罗沛霖院士始终在思考着科学问题，并在他的夫人杨敏如教授自豪地称之为"绿窗书屋"的住所小办公室里，用汉王笔写到深夜。他年事已高，视力衰退，字迹抖动，可见要写成一篇几千字的文章该多么不容易。

罗沛霖院士的不少论文都是在他进入耄耋之年后，一笔一画写成的。比如《跨入 21 世纪的先进文化信息技术系统》《关于电子技术革命跨世纪时期的形势》《科学技术环节的选择》《产业革命、文化产业革命和"消费电子"》等，每有发表都引起电子产业界和学术界的关注。他的论文《电子，文化产业的革命因素》被著名的国际电气与电子工程师协会录用为 1994 年远程信息系统学术会议入选论文，并安排他在综合组首先做报告。

2003 年 10 月上旬，一个艳阳高照的秋日，我坐在罗沛霖院士住所的客厅里，饶有兴趣地听他介绍 9 月的沈阳之行。2003 年中国科协年会在沈阳举行，科学家们受到沈阳市人民的热烈欢迎，有 124 位院士受聘出任沈阳市政府的科技顾问，接过聘书的 124 位院士中的最年长者便是罗沛霖。沈阳市的科技工作者对罗沛霖院士所做的《信息时代的来龙去脉和后因特网时期》的报告至今津津乐道。在 9 月 15 日洋洋洒洒半个多小时的报告中，罗沛霖院士纵谈信息时代，指出"文化信息在社会经济中作用明显"。他预言道，现代社会处在信息时代，而信息时代的前途是文化信息时代。不管会出现什么新因素，例如生物工程、纳米工程等，文化信息总会统领社会、经济的发展。

还让与会者们啧啧称奇的是，这位 90 岁的老科学家始终站立着做完了报告。

想到这里，我不由再次地问自己：如果寿当耄耋，我能在巴丹吉林沙漠里站稳吗？我还能做些什么呢？

浓墨重彩的一笔

罗沛霖的人生有浓墨重彩的几笔，促成了中国工程院的成立是其中之一。

在新中国的科技发展尚处在幼年期时，人们对于技术科学的理解是相当朦胧的。中国科技界有先知先觉者，像钱学森、王大珩、罗沛霖、茅以升、钱三强、侯祥麟、师昌绪、张光斗、张维等老一代科学家就是这样的先知先觉者。

在改革开放之初的 1978 年，著名电子学家罗沛霖就在考虑，中国要不要设置工程院。就中国科技界当时的认识而言，对基础研究、应用技术及基本技术的理解应当说是比较明确的，但是对技术科学的理解就谈不上那么清晰了。

1978 年，罗沛霖随团访美，这是一个中国电子学会代表团。在美国期间，代表团访问了美国全国科研理事局，作为一个政府办事机构，它的一个重要任务是组织三个国家科技院院士，也就是科学院、工程院和医学院的院士，对重要科技问题进行研究、咨询、讨论。当时美国科学院院士为 1100 人，工程院院士为 700 人，医学院院士为 400 人。其中医学院院士的人数是固定的，缺一补一。工程院院士的目标是达到 1500 人。经过一段时间思考，罗沛霖在 20 世纪 80 年代初相继在光明日报、《自然辩证法》杂志及人民日报等媒体上撰文，谈到了美国、日本、西欧、苏联等科学技术发展的经验，强调了后进国家、地区赶上先进必须突出的重点环节。此后，在中国科学院技术科学部大会上，他又进一步明确指出，科学技术中除基本科学和技术发展外，还有工程技术、生产准备、生产保持、推广应用、销售服务等更多重要环节。他强调，中国要重视基本科学，还必须更加重视现场技术、基本技术和应用科学的发展。于是，罗沛霖再次提出了建立中国工程院的构想。

为什么说是"再次"呢？因为在此之前，著名科学家王大珩、张光斗、张维等都提出了建立中国工程院的建议，而且报到了中央，但是或许是时机尚不成熟，议案暂被搁置。此次罗沛霖再次提议成立中国工程院，理由充足多了：不只是借鉴外国经验，更是从科技与经济发展的历史经验和规律，结合中国的实际，阐明了建立中国工程院的必要性和迫切性。1986年，罗沛霖创议并起草了《关于加强对第一线工程技术界的重视的意见》，联合茅以升、钱三强、徐驰、侯祥麟等80余人，向全国政协提出了这一议案。仿佛成为惯例，罗沛霖及工程技术界的一些同仁以精卫衔石填海的执着，在每届全国政协会上都要提出这个议案。

水到渠成的时候到了。1994年的春天，一天晚上，罗沛霖开始执笔草拟《关于早日建立中国工程与技术科学院的建议》。在此之前，罗沛霖已征求了王大珩、张光斗、师昌绪、张维、侯祥麟几位老科学家的意见，由他们六人共同在建议上署名，呈给中央领导同志。在我1999年随王大珩、罗沛霖、崔俊芝、杨士中几位院士去西北考察途中，在巴丹吉林沙漠上空一轮皎洁圆月之下，王大珩、罗沛霖两位老科学家不但谈到了他们的科学思考，也谈到了有关中国工程院成立之前的一些往事。大家之所以公推罗沛霖执笔这个建议，一来他较早创议，二来他坚持不渝，这份殊荣非他莫属。考虑到建议是向中央领导呈报，要写得言简意赅，一目了然，罗沛霖颇费了一番心思。

罗沛霖终于下笔了，而且一气呵成。他在建议中写道：这个院的中心任务应是为国家、为政府的重大工程和技术科学决策以及技术经济问题，提供具有权威性的咨询、论证和评议，对特别重大的工程技术和技术科学成果做鉴定。它理所应当地应超脱部门和地区的局限性。为了完成这样的中心任务，其成员应是经过挑选的属于国家水平的工程科技人才和对工程技术发展有重大贡献者，当然这也应是给当选人员在工程科技方面的最高荣誉。他建议，一位专家可以同时当选为两个院的学部委员（院士）。这也就是罗沛霖、王大珩、张光斗、师昌绪、张维、侯祥麟等 30 位中国科学院院士成为首批中国工程院院士的来历，即所谓"两院院士"。中国工程院初创阶段的院士也就是这样产生的。近几年，两院院士又增加了几位，与目前中国科学院上千名院士、中国工程院 600 多名院士相较，仍是凤毛麟角，足见荣誉之崇高。

罗沛霖在建议中写道：在不久前的科学院学部委员（院士）增选中，许多产业部门很有成就的专家，以及在科学技术方面做出过重大贡献的工程技术工作者，都未能纳入，也说明了建立工程与技术科学院是极端必要的。读到罗沛霖院士这段话，我不禁感慨，世界著名水稻专家袁隆平是公认的"杂交水稻之父"，联合国粮食奖的唯一得主，他的科研成果不但惠及中国而且造福世界，增产的粮食让数以亿计的人受益。可是很多年他都进不了中国科学院院士的行列。中国工程院成立后，这位曾经以稻田为实验室，两腿泥水的科学家理所应当地成为院士。

1994 年 5 月，中国工程与技术科学界迎来了一件盛事：中国工程院正式成立了。全国从事工程技术与技术科学的科技人员欢欣鼓舞,这是对他们神圣劳动、奉献的庄严承认,也标志着中国现代科技史上一个全新阶段的开始。包括罗沛霖在内的一批老科学家终于了却了一桩心愿,成就了人生得意之笔。

还应当指出的是,还有不少有识之士为中国工程院的成立贡献了力量。差不多就在罗沛霖等六位老科学家的建议呈报中央领导同志的同时,林华、徐驰、李苏、罗西北等同志也向国务院领导同志呈报了建立中国工程院的建议,对于引起重视促成中国工程院的诞生,也起到了积极作用。

1999年早春一个春雨淅沥的早上,经过一番费时费力且周密的张罗,我把王大珩、罗沛霖、张光斗、张维、侯祥麟、师昌绪六位老人约到一起,为的是拍摄一张"全家福",聚会地点是张维院士的家。张光斗就住在前楼,他年事最高,可以逸待劳。我先到了张维院士的家门前,不一会儿,张光斗便穿着他那身四个兜的蓝色干部服,背着手从后门踱了出来。冷不防,张光斗笑嘻嘻地一把抓住了我的左手:"你说,大学产业化行不行,行不行?"我觉得他抓得很紧,此时侯祥麟院士到了,他的司机也笑嘻嘻地看着我。我连忙回答:"不行,不行!"张光斗这才松开了手。

最后到的是罗沛霖,他打了一辆夏利出租车赶来。这辆车被司机用得很惨,车门和车灯都用铁丝拴着,我用力把罗沛霖从半开不开的车门中挽了出来。

我的确得到了一张具有历史意义的照片:六位两院院士手挽手紧紧站在一起,他们的努力催生了中国工程院。后来这张照片被中国工程院拿去放大陈列在全国科技成就展上。2001 年 10 月 4 日，张维院士形神俱融入了历史，这张照片更弥足珍贵了。

科学需要人的全部生命

"科学需要人的全部生命。"这句话是俄罗斯伟大科学家巴甫洛夫的名言，已经在很多杰出探索者身上得到了验证。

如果从 1928 年罗沛霖参加南开中学无线电社开始算，他从事科学活动的时间已有 70 多年，这差不多是一个人的一生光阴了。

我国科技界多少年来都称罗沛霖是"红色科学家"，这缘于他 1938 年初就奔赴延安投身革命，参与创建了八路军的通讯工业。也有人称他是"三式（士）干部"——三八式、博士、院士。像他这样早年参加革命后来一直从事科技工作的科学家还有力一、侯祥麟、高士其等。

从倾向革命到投身革命，罗沛霖受到他的上海交通大学同学钱学森的影响。"九一八"事变前后的钱学森早已是一名马克思主义的信仰者，钱学森告诉罗沛霖，读书救不了中国，只有政治活动才能解决政治问题。钱学森说的政治活动就是革命斗争。罗沛霖结识钱学森是在 1933 年，他们之间的友谊持续至今。

在延安工作期间，他和战友们在 7 个多月的时间里向抗日前线输送了 70 多部电台，那时物质条件很差，完成这样的任务是很不容易的。此后根据党的派遣，罗沛霖到国民党统治区从事地下工作，没有离开老本行电子工业。

抗日战争胜利后战端再开，在人民解放军节节胜利的形势下，党组织已经预见到新中国需要大批建设人才，便把一项艰巨的任务交给了罗沛霖：你设法去美国留学，开阔眼界，准备为新中国建设服务。这是何等的远见！

对一个年已35岁的人来说，重入大学之门捧起书本不是一件轻松的事。罗沛霖说，他青少年求学时候，总是"懵懵懂懂"的，不过学习还是努力的。有人戏言，罗沛霖凭兴趣读书，感兴趣的课程能拿满分，不感兴趣的成绩会差得异乎寻常。有了明确的学习目的和理想，罗沛霖回忆说，在美国加利福尼亚理工学院学习期间，"我每周学习、科学研究、工作七十几个小时，有时天蒙蒙亮才睡。还克服了十二指肠溃疡的病痛。我的主课是电工，副课选取了物理和数学，有相当的难度。那时我已35岁，离开学校生活也13年了，但我并不气馁，尽量利用我的理解能力，搞好各科学习"。

在22个月里，罗沛霖越过了硕士学位，直接获得了带特别荣誉衔的博士学位。

长征途中有人问徐特立老人，我们为什么有力量。徐特立回答，因为我们有伟大的理想。罗沛霖和徐特立一样，实践了对理想的追求。

1950年9月，罗沛霖克服困难从美国回到祖国，为发展我国电子工业，为沟通学术界与产业界，奋斗了几十年，被誉为新中国电子信息产业的开拓者和奠基人，并为我国科技发展做出了许多重大贡献。他先后担任第一、二届北京市人大代表，第三、四届全国人大代表，第五、六、七届全国政协委员。谈到他的工作，他只举出参与组建华北无线电器件联合厂（718厂）、参加制订《1957—1962年科学发展规划》、主持我国第一部超远程雷达和组织我国最早系列（200系列）计算机研制中的技术攻关工作等几项。而且他一再强调"只不过做了些开头的工作。这些工作最后都是别人完成的，仅此而已"。

2003年10月16日，我国成功发射的"神舟五号"载人飞船遨游太空安然返回。消息传来，罗沛霖欣喜异常，夜不能寐。夜阑人静，他在"绿窗书屋"往来踱步，总觉着自己应当做点什么才好。罗沛霖回想起1956年夏天，他和钱学森、钱三强、华罗庚等，就火箭及科技规划等各项紧急工作，向聂荣臻元帅、陈赓大将、黄敬部长、赵尔陆部长、张劲夫等领导做了汇报。此后他的工作虽然与"两弹一星"无直接关系，但所事电子、信息科技却与之多有关联。他想到要给病榻上的老友钱学森共贺盛举，"今神舟五号圆满实现，国之大喜，因书俚诗，以奉学森作贺"。他熟练地打开桌上的计算机，操起"汉王笔"，于是一首七言律诗从笔下奔涌而出：

千年古国梦飞天，十载攻关今喜圆。

筚路蓝缕君矻矻，功成业就自谦谦。

神龙腾起太空去，广漠迎来壮士还。

回念从前聂帅嘱，白头相庆共欣然。

钱学森的儿子、我在北京一〇一中学的老同学钱永刚在电话中说，他父亲已经收到了这首诗。想来这位老友的心情一定是"共欣然"吧。

　　罗沛霖院士对我说，他要把手头一些工作完成，然后潜心写作回忆录。我想，以罗沛霖院士皓首白头九十高龄，波澜壮阔的人生阅历，这部回忆录一定会是一幅异彩纷呈的人生画卷。

　　罗沛霖，中国共产党党员，电子学与信息学家，中国信息产业开拓者、奠基人，中国科学院院士、中国工程院院士，西安电子科技大学电子信息工程专业主要创始人。1913 年 12 月 30 日出生于天津，1935 年毕业于上海交通大学，1939 年按党组织决定从延安来到重庆，从事党的地下工作。1948 年经党组织安排赴美国留学，1952 年获美国加州理工学院带特殊荣誉衔哲学博士学位。同年 9 月回国后，多次主持制订电子科学技术发展规划，推动新技术发展，主持建成中国首座大型电子元件工厂，指导我国第一部超远程雷达和第一代系列计算机研制工作，对雷达检测理论、计算机运算单元以及电机电器等有创造性发现。1994 年中国工程院成立，罗沛霖是创议人之一，被选为首批院士和主席团成员。2011 年 4 月 17 日，罗沛霖在北京逝世。

喜看稻菽千重浪

——记首届国家最高科技奖获得者袁隆平

曾记否，到中流击水

　　2001 年春节过后的第二天，湖南长沙马坡岭笼罩在薄雾之中，空中不时飘下雨点。袁隆平眯起双眼，出神地打量着这片几百亩大的试验田，然后跨过水渠，迈步走进田间。他蹲下身子翻看着土壤。

　　我跟随在他身后不禁产生了瞬间的错觉：这难道就是几天后就要赴京领取由国家主席亲自签署、颁发的国家最高科技奖的科学家吗？他看上去更像一个地道的湖南农民，这使我想起了农民送给他的"泥腿子专家""泥腿子院士"的称谓。

挽起裤腿走下稻田，是人们从播种到收获季节见到的袁隆平最标准的"形象"。人们常提出的一个疑问是，中国的稻田里如何走出了袁隆平这样一位世界级的农业科学家？

中国在现在和将来相当长的岁月里，都将是一个农业大国，"民以食为天"的说法自古流传，到了当代，农民出身的毛泽东说，世界上什么事情最大，吃饭的事情最大。

20世纪五六十年代我国普遍发生的饥馑给袁隆平留下了刻骨铭心的印象。那时在湖南一所偏僻山村农校——湘西雪峰山麓的安江农校任教的青年袁隆平便下定决心，拼尽毕生精力用农业科技战胜饥饿。他在1960年发现"天然杂交稻株"的往事，注定要成为世界农业史上的经典事例。

袁隆平的同事、好友谢长江说，那是1960年7月的一天，下课铃声响过之后，袁隆平拍去身上的粉笔灰，掖着讲义夹，匆匆来到校园外的早稻试验田。采用常规法培育出来的早稻常规品种正在勾头撒籽，呈现一派丰收景象。袁隆平把讲义夹放在田埂上，连裤腿都没挽，就走下稻田一行行地观察起来。"突然，他那敏锐的目光停留在一蔸形态特异、鹤立鸡群的水稻植株上。他屏气静神地伸出双手，欣喜地抚摸着那可爱的稻穗，激动得几乎要喊出声来！"

这是一株奇特的稻禾，株形优异，穗大粒多，足有十余穗，每穗有壮谷一百六七十粒。袁隆平用布条扎上记号，从此格外精心地照顾这蔸稻禾。收获季节他得到了一把金灿灿的稻种。第二年春天，袁隆平把这些种子播种到试验田里，期待收获有希望的新一代稻种，因为系统选育（从一个群体品种中选择优良的变异单株）是一种主要的育种方法，当时许多优良的稻麦品种都是通过这种方法选育出来的。可是当秧苗发绿长高之后袁隆平发现，它们高的高，矮的矮，成熟得也很不一致，迟的迟，早的早，没有哪一蔸的性状超过它们的前代。

一种失望的情绪掠过袁隆平心头。但是对孟德尔、摩尔根遗传学有着深入研究的袁隆平进而想到，从遗传学的分离律观点看，纯种水稻品种的第二代是不会有分离的，只有杂种第二代才会出现分离现象。今年它的后代既然发生分离，那么可以断定去年发现的性状优异稻株是一株"天然杂交稻"的杂种第一代。

他返回试验田对那些出现分离的稻株进行研究，高的、矮的、早熟、迟熟……一一做了详尽记录。经过反复统计计算，袁隆平证实，这次发现完全符合孟德尔的分离规律。

袁隆平的实践让他发现了真理：既然去年那株"天然杂交稻"的杂种第一代长势这么好，充分证明水稻也存在明显的杂种优势现象；既然自然界客观存在"天然杂交稻"，只要探索出其中规律，就一定能培育出人工杂交稻，也就一定能把这种优势应用到生产上，从而大幅度提高水稻的产量。

后面我们将看到，袁隆平对真理的发现，使他不可避免地必须向国际知名的权威和他们的权威结论发起挑战，这种挑战之艰难往往使挑战者身心俱疲，落荒而去。

创新是科学家的灵魂和本质

有人说，袁隆平具有敢于挑战的勇气和信心。他决定选择水稻杂种优势利用作为攻关方向时，并不知道世界上已有美国、日本等国的科学家从事过研究，但没有成功。这无疑是一道世界难题。况且，他还得顶着研究水稻杂种优势利用是"对遗传学的无知"等权威学者的指责和压力。他根据自己的实践，以科学家的胆识和眼光断定杂交水稻研究具有光辉的前景，决心义无反顾地坚持研究。

因为水稻是自花授粉作物，"自花授粉作物自交不衰退，因而杂交无优势"的论断明白无误地写在美国著名遗传学家辛诺特和邓恩的经典著作、20世纪五六十年代美国大学教科书《遗传学原理》中，由此有人嘲笑"提出杂交水稻课题是对遗传学的无知"。

在理论与事实发生矛盾时，袁隆平的态度是尊重权威但不崇拜权威，不能跟在权威后面亦步亦趋，不敢越雷池一步。他不迷信权威的每一个观点。他知道，根据自己直接观察到的一些事实表明水稻具有杂交优势，"无优势"论是没有试验依据的推论，这一推论与自交系的杂交优势现象相矛盾：玉米自交系继续自交不再引起衰退现象，但杂交能产生强大的优势。而天然的自花授粉植物品系（天然自交系）自交也不退化，为什么杂交却不能产生杂种优势呢？袁隆平坚信搞杂交水稻研究有前途，勇敢地向"无优势"论这一传统观念挑战，从而拉开了我国水稻杂种优势利用的序幕。

袁隆平认为，水稻的杂交优势利用只有两条路可走：一条是进行人工去雄。但如果用人工去雄杂交，就得一朵花一朵花进行，产生的种子数量极为有限，不可能在生产上推广应用。再一条路就是培育出一个雄花不育的"母稻"，即雄性不育系，然后用其他品种的花粉去给它授粉杂交，产生出用于生产的杂交种子。然而国内外都没有这一先例，国际上有著名学者断言：不可能。还有学者认为，像水稻这样一朵花只结一粒种子的"单颖果作物"，利用杂种优势必然制种困难，无法应用于生产。在独立开展杂交水稻研究很长时间之后，袁隆平才从国外资料中了解到，早在1926年，美国的琼斯就发现了水稻雄性不育现象。最早开展这项研究的是日本的科学家，当时是20世纪50年代。此外美国、菲律宾的科学家也相继开始了这项研究。尽管实验手段先进，但是因为这项研究难度确实太大，这些研究无法在生产中得到应用。

袁隆平不打算退却，他很清楚他拥有的有利条件是其他国家科学家少有的：进行这项研究，中国有中国的有利条件，中国是古老的农业国，又是最早种植水稻的国家之一，有众多的野生稻和栽培稻品种，蕴藏着丰富的种质资源；有辽阔的国土和充足的光温条件，海南岛是理想的天然温室，育种者的乐园；更重要的是我们有优越的社会主义制度，可以组织科研协作攻关；有党的正确领导，任何困难都可以组织力量克服。直到今天，袁隆平都对为攻克杂交水稻难关在全国 13 个省区的 18 个科研单位进行的科研大协作感慨不已，认为没有这样的大协作，杂交水稻研究绝不会取得今天这样世界瞩目的成果。

1964 年 7 月 5 日，"泥腿子专家"袁隆平又走进了安江农校的稻田，去寻找水稻的天然雄性不育株。他头顶烈日脚踩淤泥弯腰驼背去寻找这种天然雄性不育株，已是第 16 天了。突然他的目光停留在一棵雄花花药不开裂的性状奇特的植株上，这正是退化了的雄蕊。他马上把这株洞庭早籼天然雄性不育株用布条标记。袁隆平欣喜异常，水稻雄性不育植株，终于找到了。

两年后，袁隆平的论文《水稻雄性不孕性》发表，它证明了袁隆平培育杂交水稻的理论设想是科学的，是切实可行的。袁隆平的发现，开创了世界水稻研究的新纪元，已经被证明残缺不全的陈旧理论从此被历史封存。

"事实是科学家的空气"

科学家是真理的侍者，是事实的追随者。袁隆平坚信实践能发现事实，发现真理，并能验证真理。他对中国亿万农民怀有深厚的感情，在国家杂交水稻工程技术研究中心的稻田中，他一边甩去手上的泥巴一边对我说，农民不富裕谈不到现代化，单产上不去农民就富不起来。现在我们试验田种的杂交稻每亩产 700 千克，农民种的亩产能达到 800 千克甚至更高，因为他们大量采用有机肥。还有比这更令他欣慰的事吗？

凡是涉及不顾农民利益、无视事实的事，他都能挺身而出毫不含糊地阐明事实，至于是不是得担风险，则在所不计。

一家有影响的报纸曾在头版刊登一篇贬斥杂交稻的文章，说杂交稻是"三不稻"——"米不养人，糠不养猪，草不养牛"。这种不顾事实的说法给农业科研人员和广大农民心头蒙上了阴影。袁隆平写了一封信寄给了人民日报，凭着他杰出的学识和无与伦比的实践，用事实说明"杂交稻既能高产又能优质"。1992 年 6 月 18 日，人民日报在第二版刊登了袁隆平的来信。

信中，袁隆平用平和的语气、无可辩驳的事实说，最近社会上流传杂交稻米品质太差，有人贬杂交稻为"三不稻"，说什么"米不养人，糠不养猪，草不养牛"。果真是这样吗？我想用事实来回答：我国是世界上第一个在生产上利用水稻杂种优势的国家，杂交稻比一般水稻每亩增产 100 千克左右。1976—1991 年全国累计种植杂交稻 19 亿多亩,增产粮食近 2000 亿千克。由此可见,杂交水稻的推广,对解决我国 11 亿人口的温饱问题发挥了极其重要的作用。目前,全国种植面积最大、产量最高的水稻良种"汕优 63"是杂交稻;近几年的年种植面积都超过一亿亩,平均亩产稳定在 500 千克左右,不仅产量高而且品质好,被评为全国优质籼稻米。的确,我国南方生产的稻谷,有相当一部分米质较差,这主要是双季早稻。目前积压的稻谷以及历年来粮店出售的大米,大多数为这种早籼稻。他写道,双季晚稻和一季中稻一般品质较好,粮店偶尔出售这种稻米时,则出现排长队争购的现象。而杂交稻则占双季晚稻和中稻种植面积的 80% 左右,产量占 90% 以上,因此,说杂交稻属劣质米与事实不符。

袁隆平进而写道,其实,杂交稻、常规稻与任何其他农作物一样,品种不同,产量和品质是有差别的,有的甚至相差悬殊。一般地说,大多数杂交稻品种的米质属于中等,其中也有个别杂交稻品种的米质较差,但绝不能以个别品种的优劣来概括一般。

就这样,袁隆平捍卫了事实,也就是捍卫了真理。

对于不符合事实,严重违背科学规律的事情,袁隆平也以同样的胆识力排众议。1993 年湖南农村部分地区发生了盲目大面积推广未经品种审定的玉米稻的现象。所谓"玉米稻"有这么个来历:某农学院用幼芽浸泡法将玉米的 DNA 片段成功地导入了水稻,育成了具有某些玉米特征特性的玉米稻,取名"遗传工程稻"。玉米稻存在着较大缺点：株叶形态不好，植株松散，叶片宽长而披，不仅造成田间的通风透光条件不良，降低群体的光合效率，还严重限制了有效穗数的提高，实际产量并不高。为此袁隆平撰文"对大面积推广玉米稻要持慎重态度"。在这篇文章中，袁隆平郑重建议对此要持慎重态度，应严格按照推广农作物新品种的科学程序办事，绝不能急于求成，一定要先行小面积试种示范，待确证在当地能获得高产后，再大面积推广。湖南省农业厅以最快速度向全省有关部门发函，转发了袁隆平的这篇文章，及时避免了湖南农业生产的大滑坡，稳住了湖南的粮食总产量。

"饥饿的威胁在退却"

在一次电视台举办的活动上，主持人问作为特邀嘉宾参加活动的袁隆平是不是也做梦，梦见过什么。

袁隆平是一位世界级的伟大科学家，但同时也是一个凡人，当然要做梦。他高兴地回答，他曾经梦见水稻长得像高粱那么高，稻穗像扫帚那么大。真是日有所思夜有所梦，不过这看起来极具夸张的梦想，正在走向现实。

1986年，袁隆平在总结国内外水稻杂种优势利用经验的基础上，根据已掌握的新材料，提出了杂交水稻育种的战略设想。他在著名论文《杂交水稻育种的战略设想》中，科学地将杂交水稻育种分为"三系法为主的品种间杂种优势利用、两系法为主的籼粳亚种优势利用，再到一系法为主的远缘杂种优势利用"三个战略发展阶段。若将杂交稻强优组合的优势固定下来，就可以免除年年制种，成为一系法杂交稻。

作为世界公认的"杂交水稻之父"，袁隆平客观地分析了现阶段培育的杂交稻的缺点，并把这些缺点概括为"三个有余，三个不足"：前劲有余，后劲不足；分蘖有余，成穗不足；穗大有余，结实不足。他组织助手和同行，从育种与栽培两个方面，采取措施解决不足。他主持的"两系法亚种间杂种优势利用"研究课题通过了国家"863计划"论证，正式立项开展研究。袁隆平本人担任了国家"863-101-01"专题的责任专家。1995年，两系杂交稻基本研究成功，被中国科学院、中国工程院评为1996年全国十大科技新闻，并列为榜首。

1997年，袁隆平发表了《杂交水稻超高产育种》重要论文。1998年8月在北京召开的第18届国际遗传学大会上和9月在埃及开罗召开的第19届国际水稻会议上，袁隆平发言：由于采取了形态改良与杂种优势利用有机结合的技术路线，中国在培育超级稻方面已走在世界前列。经过中国科学家10多年的协作研究，目前技术上的难题已基本解决。袁隆平预计，亚种间超级杂交稻将在近几年内应用于生产，并将在下世纪初大面积生产中发挥巨大的增产作用。

有人统计过，由于杂交水稻的研究成功，开辟了粮食大幅度增产的新途径，大面积的推广给我国水稻生产带来了一次飞跃，杂交稻比常规稻增产20%左右，为从根本上解决我国粮食自给自足难题做出了重大贡献。1976—1999 年，全国累计推广杂交水稻 35 亿多亩，增产稻谷 3500 亿千克。近年来，全国杂交水稻年种植 2.3 亿亩左右，年增产的稻谷可以养活 6000 万人口。

1997 年，袁隆平提出了超级杂交稻选育的指标、株型模式和技术路线，选育出一批具有超高产潜力、米质优良的亚种间苗头组合。其中江苏农科院与国家杂交水稻工程技术研究中心合作选育的两个组合在 1999 年大面积示范中，共有 14 个百亩片和 1 个千亩片亩产 700 千克以上，达到了农业部制定的中国超级稻产量指标；小面积最高产量达每亩 1139 千克（每公顷日产 107.4 千克），达到了日产量 100 千克/公顷的超级稻产量指标。如果按年推广 2 亿亩计，年增粮食可养活 7000 多万人口。袁隆平对我说，这是对看上去表情显得十分深沉的美国经济学家布朗 "未来谁来养活中国" 疑问的有说服力的回答。

美国学者唐·帕尔伯格在他《走向丰衣足食的世界》一书中写道：袁隆平使 "饥饿的威胁在退却，袁正引导我们走向一个营养充足的世界"。

1998 年，经权威的资产评估所评估，"袁隆平品牌" 无形资产价值 1000 亿元。在各国水稻科研工作者心目中，位于长沙马坡岭的国家杂交水稻工程技术研究中心已成为圣地。

近十几年来，杂交水稻不断走向世界，已在 20 多个国家和地区引种推广，这项技术是我国转让给美国的第一项农业科技专利。

袁隆平是在世界上最有影响的中国科学家之一，他正在引导一场新的"绿色革命"的兴起。

　　袁隆平，江西德安人，世界著名农学家，"杂交水稻之父"。1930 年 9 月 7 日出生于北平，1953 年毕业于西南农学院。1964 年开始研究杂交水稻，历尽艰辛，于 1973 年实现三系配套，1974 年育成第一个杂交水稻强优组合"南优 2 号"，1975 年研制成功杂交水稻制种技术，从而为大面积推广杂交水稻奠定了基础。1985 年提出杂交水稻育种的战略设想，为杂交水稻的进一步发展指明了方向。1987 年任"863 计划"两系杂交稻专题的责任专家，1995 年研制成功两系杂交水稻，1997 年提出超级杂交稻育种技术路线，2000 年实现了农业部制定的中国超级稻育种的第一期目标，2004 年提前一年实现了超级稻的第二期目标。

　　袁隆平先后获得首届国家最高科学技术奖、国家特等发明奖等多项国内奖项和联合国科学奖、沃尔夫奖、世界粮食奖等 11 项国际大奖。1995 年当选为中国工程院院士，2019 年荣获"共和国勋章"。2021 年 5 月 22 日，在湖南长沙逝世。

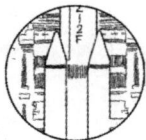

世界，让我为你证明

——走进首届国家最高科技奖获得者吴文俊的数学世界

数学的一半是中国数学

能有幸目睹两位科学巨子的第一次见面，毕竟是不容易的事，更何况他们的研究领域相差得如此之远，简直是南辕北辙。吴文俊研究的是数学，袁隆平主攻的是农业科学——杂交水稻，作为首届国家最高科技奖的获得者，他们都是享誉世界的大科学家。

在首届国家最高科技奖颁奖前几天那个瑞雪纷纷的晚上，在北京，他们手拉手落座，吴文俊院士对袁隆平说，人们称你是"杂交水稻之父"，数学起源于农业。袁隆平院士则说，数学才是科学之母，直到今天我仍弄不清为什么"负负得正"。说完他们开怀大笑。

袁隆平院士认识深刻，数学的确是一切基础科学中的基础学科，是科学现代化的基础。

在相当长的时间里，不少西方数学家认为中国古代数学不是世界数学的主流之一，甚至不打算承认中国古代数学对世界数学的杰出贡献。20世纪70年代，吴文俊潜心进行了数学史的研究，他的结论在国际数学界起到了振聋发聩的影响。

在研究中吴文俊发现，中国古代数学独立于古希腊数学和作为其延续的西方数学，有着其自身发展的清晰主线，其发展过程、思考方法和表达风格亦与西方数学迥然不同。他说，通常认为中国古代没有几何学，事实上却不是这样，中国古代在几何学上取得了极其辉煌的成就。人们的误解可能是因为中国古代几何学在内容和形式上都与欧几里得几何迥然不同的缘故：中国古代几何没有采用定义—公理—定理—证明这种欧式演绎系统，取公理而代之的是几条简洁明了的原理；中国古代几何与欧氏几何的侧重点不同，我们祖先对直线的垂直性感兴趣，而欧氏几何则重视平行性的研究。吴文俊说，代数无疑是中国古代数学中最发达的部门。中国古代数学的研究方法是从研究具体问题入手，从中提出简单明了的原理和一般方法，代数化和十进位值制这样杰出的成就也是在这种思想指导下取得的。

吴文俊在回顾中国古代数学的伟大成就时感慨地说，中国古代的劳动人民在广泛实践的基础上，建立了世界上最先进的我国古代数学，直到 16 世纪，我国数学在最主要的领域一直居于世界领先地位。中国人创造与发展了记数、分数、无理数、小数、零与负数，以及任意逼近任一实数的方法，实质上达到了整个实数系统的完成。特别是自古就有的完美的十进位值制记数法，是中国的独特创造，是世界其他古代民族所没有的。这一创造在人类文明史上居于显赫的地位。联立线性方程组求解的消元法、高次方程式的开方术、多项式方程组求解的消元法、不定方程求解的剩余定理等成就说明，代数学的创造几乎是中国一手包办的。中国古代的几何学有着极其辉煌的成就：测高望远之学形成了重差理论，土地的丈量与容积的量测产生了面积和体积理论，提炼成出入相补的一般原理；刘徽原理及出入相补原理可以为整个多面体体积理论奠基；祖冲之原理则解决了球体体积问题；勾股测量学及勾股定理的争鸣，圆周率推导和计算……这些成就表明，我国古代几何学既有丰硕的成果，又有系统的理论。吴文俊特别指出，机械化思想是我国古代数学的精髓。

后面我们将看到，正是吴文俊对中国古代数学的总结和领悟，他在世界上首创了——机器证明，也就是数学机械化方法。

系统科学研究所数学机械化中心高小山博士这样评价吴文俊对中国数学史的研究：他的研究起到了正本清源的作用，证实中国古代数学是世界数学的主流之一，促进了西方数学与中国古代数学两大主流的融合，推动了数学的发展，同时也掀起了对中国数学史再认识的新高潮。

"现代数学女王"的新风采

法国数学家狄多奈这样形容拓扑学,说拓扑学是"现代数学的女王"。

从定义上说,拓扑学是数学的一个分支,研究几何图形在连续改变形状时还能保持不变的一些特性,比如四边形可形成6条线段,其他5条长度定了,另一条也就定了。它只考虑物体间的位置关系而不考虑它们的距离和大小。20世纪40年代中期,在师从陈省身先生之前,吴文俊对拓扑学还所知甚少。在陈省身先生的指导下,吴文俊步入了数学的圣殿。由于勤奋研究和超群的领悟能力,他开始在拓扑学的深水中游泳了。那时美国数学家惠特尼推导出了著名的"对偶定理",这是一个十分基本的公式,可是证明长得异乎寻常,吴文俊形容它"总有十几页、几十页长,没法在杂志上发表",出一本书倒合适。吴文俊经过精心推导,给出了一个只有几页纸的证明。当时最具权威的美国学术刊物《数学年刊》刊载了这个公式,惠特尼说,我的公式可以扔掉了。

吴文俊独创新意给出的这个简单证明,成为拓扑学中"示性类"的一个重要成果。仅仅一年多时间吴文俊就在以难懂著称的拓扑学的前沿领域取得如此巨大成就,这确是国际数学界并不多见的,足见吴文俊的研究功力。

1947年11月吴文俊赴法国留学,当时正是布尔巴基学派的鼎盛时期，也是法国拓扑学正在兴起的时期。吴文俊在此期间在拓扑学领域取得了一系列重大成果，其中最著名的是"吴示性类"与"吴示嵌类"的引入及"吴公式"的建立。示性类是刻画流形与纤维丛的基本不变量。40 年代末，示性类研究尚处在起步阶段，瑞士的斯蒂费、美国的惠特尼、苏联的庞特里亚金和中国数学家陈省身等著名科学家，先后从不同角度引入的大都是描述性的示性类概念。这些数学家从不同途径引入的示性类，分别以斯惠示性类、庞示性类、陈示性类命名。吴文俊将示性类概念化繁为简，从难变易，形成了系统的理论。吴文俊分析了这些示性类之间的关系，着重指出，陈示性类可以导出其他示性类，反之则不然。他在示性类研究中引入了新的方法和手段，在微分情形，他引出了一类示性类，被称为"吴示性类"。它不单是描述性的抽象概念，而且是可具体计算的。吴文俊给出了斯惠示性类可由吴示性类表示的明确公式被称为"吴（第一）公式"。这些公式给出各种示性类之间的关系与计算方法，从而导致一系列重要应用，使示性类理论成为拓扑学中完美的一章。

在谈到"吴示性类""吴示嵌类""吴公式"的时候，笑容通常都十分灿烂的吴文俊像孩子那样缩了一下脖子：他的工作成果曾被五位"菲尔兹奖（数学界最高奖）"获得者引用，其中三位还在他们的获奖工作中使用了吴文俊的成果。他说，现在在国际数学界有一个有趣的现象，许多研究文章直接以"吴公式"为题或使用"吴公式"，已不再引用吴文俊的原文，也就是说人们也许已不大知道"吴"是何许人了。这说明这些拓扑学研究成果已广为人知，成为拓扑学的基础性、经典性的内容了。

在拓扑学研究中，吴文俊起到了承前启后的作用，极大地推进了拓扑学的发展，引发了大量的后续研究，许多著名数学家从他的工作中受到启示或直接以他的成果为起点，获得了一系列重大成果。

1989 年，法国数学家狄多奈出版了巨著《代数拓扑学家和微分拓扑学史 1900—1960》，其中引用吴文俊的研究成果 17 次。他写道，吴文俊把示性类由极为繁复的形式转化为现代的漂亮形式。数学大师陈省身称赞道，吴文俊"对纤维丛示性类的研究做出了划时代的贡献"。

"把质的困难转化为量的复杂"

上面这句话初看挺费解，不过看到后面我们就知道吴文俊在指什么了。

我们知道，吴文俊正在从事数学机械化方法——机器证明的研究。他已在拓扑学领域硕果累累，为什么又转到研究数学机械化方法来了呢？这与他多年前的一次经历有关。20 世纪 70 年代他去北京无线电一厂，在那里第一次接触到计算机，他敏感地领悟到计算机的威力。他曾极深入地研究过中国古代数学史，他认为中国古代数学是散发性的数学，重在提出问题解决问题，证明定理不是主要的。计算机主要是散发的科学，中国的数学思想恰能与计算机结合。吴文俊由此萌发了能不能为数学研究提供计算机工具的想法，从而为振兴中国传统数学做出贡献。

高小山博士说，这正体现了吴文俊具有的战略眼光，他始终在考虑数学该怎么发展，特别是中国的数学该怎么发展。

吴文俊科学地预言：数学机械化思想的未来生命力将是无比旺盛的，中国古代数学传统的机械化思想光芒，将普照于数学的各个角落。

这个偶然的契机改变了吴文俊的研究方向。80年代曾与吴文俊在一个研究室，从事同一专业研究的数学家石赫回忆说，70年代中期，吴文俊已五十六七岁，为了研究数学机械化方法，开始学习计算机的操作，从头学习计算机语言，亲自在袖珍计算机和台式计算机上编制计算机程序，并要求自己的学生都要学会这个"脑力劳动中的重体力劳动"。他学遍了当时从最简单到最复杂的计算机知识。

在那些日子里，他的工作日程通常是这样的：清晨，他来到机房外等候开门，进入机房后是八九个小时的不间断工作；下午5点左右，他步行回家吃饭，抓紧时间整理分析计算结果；晚7点左右，他又出现在机房工作至第二天凌晨。有时深夜离开机房回家稍事休息四五个小时后，又在清晨等候机房开门。机房管理员是一位年轻人，他很心疼吴文俊，抱怨说："吴先生这么下去，我们都要顶不住了。"

石赫这样形容吴文俊的工作：工作是随机进行的，看着电影想起什么就起身直奔办公室。论上机时间，吴文俊是所里绝对的冠军。

吴文俊对数学机械化方法有这么一番说明：这种方法就是把要

证明的问题转化成代数，编成程序，用计算机进行进一步计算；把原来要挖空心思拐弯抹角穷思冥索的人工演算转化成量的反复，尽管计算量大，可再复杂计算机也不在乎，这样很困难的问题便变得容易了。他对我说，机器证明是很适合笨人的，我是笨人。

对于数学机械化方法，吴文俊用这么一段描述来说明它的前程无量：中世纪是骑士的时代，骑士仗剑横行，有了手枪骑士便消失了，因为再会用剑的骑士也抵不住一个弱女子的一粒子弹。

今后凭大脑穷思冥索的那种人，可能英雄无用武之地了。这就是"把质的困难转化为量的复杂"。

由开普勒证明牛顿

让吴文俊十分感慨的是，他的机器证明研究一开始就得到有力的支持，他的成果"是在国家的特别资助下完成的"。从那时到现在，他已换过六七代计算机，有的价值十几万美元，甚至几十万美元。"这足以证明社会主义制度的优越性。国家在还不那么富裕的情况下总要拨出一些钱，资助科学家。"他说在科技部的支持下，周光召院长提议为他配备一台"比较高档"的计算机。

吴文俊的数学机械化方法研究开始有了初步成果。1986 年，美国通用机器公司下属的一个研究机构，组织了一次国际学术会议，邀请吴文俊参加。有两位数学家邀请吴文俊谈了一天有关机器证明的研究。会后，美国科学家沃斯邀请吴文俊访问阿贡实验室，问他能不能用数学机械化方法从开普勒对行星运动的观测结果，直接导出牛顿的三定律。天体间引力与质量成正比比较容易理解，而与距离平方成反比就费解了。美国能源部一个研究小组用他们的方法解决不了这个难题，正面临解散的危险。回国后，吴文俊用了不到一个月时间就用数学机械化方法解决了这个难题——由开普勒的观测结果直接推导出牛顿三定律。

此前，吴文俊用数学机械化方法证明了几个定理，说明这种方法是可行的。那时候一个上千项的大数学式子，24 小时用纸、笔算下来，十几页纸都放不下。现在（1977 年），同样的问题计算机一秒钟都用不了就解决了。这意味着脑力劳动实现了机械化，科学家可以增强研究能力，提高研究效率，从而延长工作寿命。

吴文俊的研究于 20 世纪 80 年代中期传到国外。一个学生听了吴文俊的课，出国后向他的老板谈到了，这位老板显然是一位对新事物十分敏感的人，他向外界介绍了吴文俊的数学机械化方法。美国数学会《现代数学》杂志全文转载了吴文俊的一篇论文——这份杂志从来不刊登已发表过的论文。美国通用机器公司、康奈尔大学、法国信息技术研究中心等召开专门会议，研究吴文俊的数学机械化方法，并掀起了一个高潮，反响极大。

目前，吴文俊的研究仍在国际数学界处于领先地位，并形成了以海内外华人数学家为主的"吴学派"，关于几何的机器证明都是"吴学派"提出来的。用数学机械化方法证定理、解方程，正处在"吴学派"与国际数学界同行的较量之中。数学机械化方法研究是中国数学家吴文俊开创的全新研究领域，并引起国外数学家的高度重视。美国人工智能协会前主席布列德索写信给我国主管科技的领导人，称赞"吴关于平面几何定理自动证明的工作是一流的。他独自使中国在该领域进入国际领先地位"。

现在由吴文俊担任学术指导，国内有二三十个单位的六七十名科学家在从事数学机械化研究。高小山博士说，数学机械化方法的应用领域极其广阔，它可以为数学和其他领域的研究提供工具，为计算推理提供一种强有力的工具。在数学研究中的应用，可以把数学家从繁重的脑力劳动中解放出来，从而推动学科发展。这是数学机械化方法将来发展的主要方面之一，现在已经起步了。另外一个方面，数学机械化方法将会被应用于交叉研究，如力学、理论物理、机械构造、计算机技术、图像压缩、信息保密、新一代数控机床、计算机图形学、计算机辅助设计、机器人等许多领域。

1997 年在获得国际著名的"埃尔布朗自动推理杰出成就奖"时，吴文俊还获得了这样的赞誉：几何定理自动证明首先由赫伯特·格兰特于 20 世纪 50 年代开始研究，虽然得到了一些有意义的结果，但在吴方法出现之前的 10 年里这一领域进展甚微。在不多的自动推理领域中，这种被动局面是由一个人完全扭转的。吴文俊很明显是这样一个人。

吴文俊，中国共产党党员，著名数学家，中国科学院院士。1919 年 5 月 12 日出生于上海，1940 年毕业于上海交通大学，1949

年获法国斯特拉斯堡大学博士学位。1951年回国，先后在北京大学、中国科学院数学所、中国科学院系统所、中国科学院数学与系统科学研究院任职。曾任中国数学会理事长，中国科学院数理学部主任，全国政协常委，2002年国际数学家大会主席，中国人工智能学会名誉理事长，中国科学院系统所名誉所长。2017年5月7日，吴文俊在北京逝世。

吴文俊对数学的主要领域——拓扑学做出了重大贡献，开创了崭新的数学机械化领域，获得首届国家最高科技奖、首届国家自然科学一等奖、有东方诺贝尔奖之称的邵逸夫数学奖、国际自动推理最高奖埃尔布朗自动推理杰出成就奖。2019年在中华人民共和国成立70周年之际，被授予"人民科学家"国家荣誉称号。

两位巨匠一样情怀

——记国家最高科技奖获得者吴文俊、袁隆平

　　那是在首次颁发国家最高科技奖那年的春节前后，我开始了对两位世界级中国科学家的采访。前后十余天在长沙和北京的采访令人感触良深，他们是中国式的科学家，他们的中国做派、中国形象、中国情结、中国精神，让人久久回味，进而让我联想到，正是中国这块沃土造就了具有如此人格魅力的科学家。

一样的"中国做派"

　　因为采访不事声张，所以当我来到湖南长沙马坡岭的时候，杂交水稻研究中心的工作照常进行。没有了迎来送往的客套，使我得以与袁隆平相处了一个星期，完全是朋友之间的来往，气氛轻松、和谐，无话不谈。

和我接触过的其他中国科学家一样，袁隆平和吴文俊也没有人们通常比较敏感的"架子"，一举手一投足，一言一笑间，自然得体毫不做作。袁隆平人长得精瘦，往田头一站，操着一口湖南口音说起杂交水稻，不知道的人会立刻判断他是一个地道的农民。这也是他得名"泥腿子专家"的原因之一。

作为世界粮农组织的最高顾问，多次获奖的大科学家，袁隆平大约是不缺钱花的。他喜欢骑摩托车，这是大家都知道的。他告诉我，30年前就骑摩托车，人称"摩托队长"，出于关心他的安全，省里领导再三关照他不要再骑，可他照骑不误。其实他骑的不是那种能飙车的摩托车，充其量是一给油就走的"轻骑"。他去试验田通常就是骑这种摩托车，不过一辆摩托车骑不了多久就换主人了——袁隆平把它送给某位职工，自己再去买一辆。职工们告诉我，他经常成百上千元地接济研究中心生活有困难的职工。

理着寸头的袁隆平其实是很幽默的，在一次母校校庆活动中，他在一张登记表的爱好栏中填道："崇尚自由"。他在接受采访时算是穿得最得体的时候了——穿西服扎领带，但采访一结束就脱掉了，这时我才发现他脚上穿的是一双布鞋。有一次袁隆平带领一批技术人员在外地参加学术活动，在大街上，走在他身后的人发现袁隆平脚上的皮鞋不大对劲，俯身去看，原来他从两双样式不同的皮鞋中各拿一只穿在脚上，走了半天却浑然不觉。

同为科学巨匠，吴文俊和袁隆平同其他中国大科学家一样随和、谦逊，保持着一种准备随时倾听不同意见的态度——这都是中国人喜闻乐见的。

袁隆平多年来培养了很多学生，他的一些助手、学生如今已能独当一面，成为研究杂交水稻技术的专家。这与袁隆平的学术民主作风是分不开的，他尽可能让助手和学生了解他的学术思想、技术路线，这样后者就能尽快进入研究角色，起到更大作用。野生稻雄性不育株就是袁隆平的助手李必湖发现的，因为他们对水稻雄性不育株有很深的感性认识。这是一株千真万确的雄花败育的天然野生稻，袁隆平将其命名为"野败"。"野败"的发现为杂交稻"三系"配套打开了突破口，突破了多年来杂交水稻研究徘徊不前的局面，给杂交水稻研究带来了新的希望。这段往事让我们想起了"世有伯乐，然后有千里马"的典故。

吴文俊属于那种报章很少报道的科学家，尽管硕果累累，但圈外的人却不大知晓，而一旦知晓便如雷贯耳。吴文俊是最早在研究中国数学史的过程中领悟数学机械化研究的，在提掖新人方面，吴文俊与袁隆平有着同样的远见和热心，今天他的学生正在他的指导下把数学机械化研究引向更广阔的领域。数学家石赫便是其中之一。吴文俊这样评价石赫：多年来从事这方面的研究，有过不少重要的贡献。他在为中青年学者编著的《现代数学书丛》写的序言中，对他们的著作均给予充分的肯定和很高评价，满意之情充满字里行间。

他激昂地写道，国内有志于数论的青年学子，尽可通过此书发愤学习而成才，迅速进入数论这一领域，并在 21 世纪中与国外学者争奇斗胜。

数学家石赫多年来师从吴文俊，得到耳提面命的真传，他说，吴文俊先生倡导的数学机械化事业的性质、内容、方法及意义，已日益获得科学界的理解和赞同。数学机械化研究的兴起，是我国当代数学发展中一个引人瞩目的具有传统特色的新里程碑。可以预见，电子计算机作为数学研究强有力的工具，势必大范围地介入数学研究的诸多领域，在相当程度上替代现今使用的基本工具——纸和笔，从而改变数学研究的面貌，促进数学科学的迅猛发展。

不难想象，如果吴文俊和袁隆平没有继承并发扬华罗庚等老一辈科学家倡导的"中国做派"——学术民主、甘当人梯，他们的研究领域今天会不会显得很冷落呢？

一样的"中国形象"

吴文俊早年在国外留学，后来回到祖国，国外的生活并没有改变他的做派，他喜欢穿从来不系风纪扣的四个兜制服，怎么看也是一个普通的中国老头。从外表上看，吴文俊与袁隆平不同，袁隆平精瘦，吴文俊则很富态；袁隆平虽然年届七旬，但不失风风火火，吴文俊年长袁隆平十几岁，则显得安安稳稳。我去访问吴文俊前想象他一定会西服革履，是一副世界级科学家的庄重打扮。见面一看颇感意外——他显然没有为记者的来访刻意着装，一身灰色四个兜制服看上去别开生面。

吴文俊满腹经纶，说起他研究的数学机械化滔滔不绝口若悬河，他的很重的上海口音有时候让人听不明白，他则不厌其烦地重复、解释，有时在纸上写上几句，有时伸手在空中比画，乐此不疲。当我表示还是没有听明白时，他就乐了。吴文俊的笑很有特色，笑的时候脖子一缩，就像个小孩子。那天在人民大会堂，他接过获奖证书时，也是这么脖子一缩，乐了。

吴文俊有一间单独的办公室，凡应用数学所的研究员通常拥有个人的办公室，他是院士，办公室要略大一点，但在楼房的拐角处，不是规则的方形。他的同事和学生时常来这里讨教，他经常站着和大家交谈，若不从年龄上判断，很难看出谁的地位更高些。

一两年前，吴文俊去泰国清迈参加一次数学国际会议期间，以80多岁高龄做了一桩纯粹孩子气的事——会议间隙他去附近一处公园散步，在象鼻子上荡了一回秋千，事后人们啧啧称赞这位中国科学家不服老。

今年春节过后的一天晚上，袁隆平和吴文俊在北京第一次见面，他们手拉手落座。

两位科学巨匠的研究领域可谓南辕北辙，但并不妨碍他们很快熟络起来，不知不觉间我吃惊地发现，这是两个老电影迷——与中国随处可见的电影迷一样，他们的话题迅速转向20世纪60年代初上映的苏联电影《上尉的女儿》，他们对电影中的一些细节记忆犹新，津津乐道。

是巨匠而不以巨匠自居，时时处处待以平常心，这也是中国人喜闻乐见的形象。

我不止一次地听人感慨道，像袁隆平这样的科学家恐怕只有在中国才找得到，哪有挽着裤腿，赤着双脚，脚上沾满泥巴的科学家？同样的，20世纪六七十年代，当吴文俊50来岁，每天骑着自行车往来于住所和办公室之间时，谁知道他已是获得世界首屈一指成就的大数学家呢？

　　"中国形象"也同样体现在吴文俊、袁隆平为世界科学做出的贡献方面。

　　袁隆平曾表达过这样的心意：诚心诚意帮助其他国家发展杂交水稻，为人类多做贡献。杂交水稻在我国取得的巨大经济和社会效益，使世界上许多产稻国家为之向往和效法；但由于多方面的原因，还不能应用于生产。联合国粮农组织做了一个重要决策，要借助中国的力量，在几个主要水稻生产国家优先发展杂交水稻。特别是人口仅次于中国的印度已做出规划，要在20世纪末将杂交水稻发展到1.5亿亩，计划年增产粮食150亿千克到250亿千克。我国湖南杂交水稻研究中心受联合国粮农组织和农业部委托，正在培训印度的水稻育种专家和农艺师，同时已派出两名专家去印度当顾问，另有两名专家将去越南。我个人认为，帮助其他国家发展杂交水稻是为人类谋幸福的崇高事业，既然我们接受了重托，就应真心诚意地进行指导和帮助，在技术上不做任何保留，让他们能真正掌握发展杂交水稻的全套技术，使杂交水稻之花在世界范围结出更丰硕的果实，为人类做出更大的贡献。

　　1986年10月在长沙召开首届杂交水稻国际学术讨论会，到会的有来自美国、日本、菲律宾、比利时、巴西、印度尼西亚、埃及、伊朗、意大利、印度、墨西哥、斯里兰卡、英国、泰国、马来西亚、孟加拉、荷兰、加纳等 20 多个国家的专家、学者。会议期间，菲律宾原农业部副部长、菲律宾大学副校长、国际水稻研究所中国联络员乌马里博士说，中国有句古话，上有天堂，下有苏杭，但对水稻科研工作者来说，应是上有天堂，下有长沙，因为杂交水稻研究中心就在长沙，这里是各国杂交水稻科研工作者的圣地。如果你没有见过"杂交水稻之父"袁隆平，那么你的科研旅途才刚刚起步。今天，袁隆平正把在中国兴起的"第二次绿色革命"推广向全世界。

在世界上树立"中国形象"上，吴文俊也与袁隆平一样，堪称楷模。

1997 年，在吴文俊获得国际著名的"埃尔布朗自动推理杰出成就奖"时，他同时还获得了这样的赞誉：几何定理自动证明首先由赫伯特·格兰特于 50 年代开始研究，虽然得到了一些有意义的结果，但在"吴方法"出现之前的 10 年里这一领域进展甚微。在不多的自动推理领域中，这种被动局面是由一个人完全扭转的。吴文俊很明显是这样一个人。

一样的"中国情结"

说到情结，一般指的是深藏内心的感情，对吴文俊、袁隆平而言，"中国情结"不单单指他们的言语、举止、外表所显露的，更多的是指他们内心炽热的爱国情怀。

吴文俊于 1947 年赴法国留学，继陈省身之后师从埃里斯曼与嘉当研究拓扑学，1949 年获法国国家博士学位。1951 年，正是朝鲜战争进行得异常艰难之时，封锁和谣言没有动摇吴文俊报效祖国的心愿。当时在拓扑学研究中，吴文俊起到了承前启后的作用，极大地推动了拓扑学的发展，引发了大量的后续研究，许多著名科学家从他的工作中受到启示或直接以他的成果为起点，获得了一系列重大成果。尽管他已是国际公认的数学大师，然而吴文俊早已归心似箭。就在这一年，他回到祖国，在北京大学任教。

为了正本清源，恢复历史的本来面目，让中国古代数学重登世界数学的辉煌殿堂，20 世纪 70 年代，吴文俊转而潜心进行了数学史的研究，他的研究在国际数学界起到振聋发聩的影响。在研究中吴文俊发现，中国古代数学独立于古希腊数学和作为其延续的西方数学，有着其自身发展的清晰主线，其发展过程、思考方法和表达风格亦与西方数学迥然不同。他说，人们通常认为中国古代没有几何学，事实上却不是这样，中国古代在几何学上取得了极其辉煌的成就。人们的误解可能是因为中国古代几何学在内容和形式上都与欧几里得几何迥然不同的缘故：中国古代几何没有采用定义—公理—定理—证明这种欧式演绎系统，取公理而代之的是几条简洁明了的原理。中国古代几何与欧氏几何的侧重点不同，我们祖先对直线的垂直性感兴趣，而欧氏几何学重视平行性的研究。其次，古代中国人对角缺乏兴趣，重视对距离的研究。中国古代几何学总是与应用问题紧密相连，测量、面积和体积的研究占据了研究的中心地位。中国古代的几何总是与代数相互渗透，具有集合代数化的特点。吴文俊说，代数无疑是中国古代数学中最发达的领域。中国古代数学的研究方法是从研究具体的问题入手，从中提出了简单明了的原理和一般方法，代数化和十进位值制这样杰出的成就，也是在这种思想指导下取得的。吴文俊在回顾中国古代数学的伟大成就时感慨地说，中国古代劳动人民在广泛实践的基础上，建立了世界上最先进的古代数学，直到 16 世纪，我国数学在最主要的领域一直居于世界领先地位。中国人创造与发展了记数、分数、无理数、小数、零与负数，以及任意逼近任一实数的方法，实质上达到了整个实数系统的完成。特别是自古就有的完美的十进位值制记数法，是中国的独特创造，是世界其他民族所没有的。这一创造在人类文明史上居于显赫地位。吴文俊特别指出，机械化思想是我国古代数学的精髓。

正是吴文俊对中国古代数学的总结和领悟，促使他在世界上首创了机器证明，也就是数学机械化方法。人们都注意到，首次颁发的中国最高科技奖突出了科技成果在世界范围的独创性。袁隆平的杂交水稻技术解决的是几亿人的吃饭问题，吴文俊的研究成果虽不能吃，却为全世界的数学研究提供了全新的工具。

有人这样评价吴文俊对于中国数学史的研究：他的研究起到了正本清源的作用，证实了中国古代数学是世界数学的主流之一，促进了西方数学与中国数学两大主流的融合，推动了数学的发展，同时也掀起了人们对中国数学史再认识的新高潮。

在吴文俊的办公室里，他在解释数学机械化方法时说了一句，"把质的困难转化为量的复杂"，这句话听起来挺费解。我们知道，吴文俊正在从事数学机械化方法——机器证明的研究，他已在拓扑学领域硕果累累，为什么又转到研究数学机械化方法来呢？这与他多年前的一次经历有关。20世纪70年代他去北京无线电一厂，在那里第一次接触到计算机，他敏锐地感到了计算机的威力。他极深入地研究过中国古代数学史，认为中国古代数学是散发性的数学，重在提出问题解决问题，证明定理不是主要的。计算机主要是散发的科学，中国的数学思想恰能与计算机结合。吴文俊由此萌发了能不能为数学研究提供计算工具的想法，从而为振兴中国传统数学做出了贡献。

吴文俊科学地预言：数学机械化思想的未来生命力是无比旺盛的，中国古代数学传统的机械化思想光芒，将普照于数学的各个角落。这个偶然的契机改变了吴文俊的研究方向。20世纪80年代曾与吴文俊在一个研究室从事同一专业研究的数学家石赫回忆说，70年代中期，吴文俊已五十六七岁，为了研究数学机械化方法，开始学习计算机操作，从头学习了计算机语言，亲自在计算机和台式计算机上编制计算机程序，并要求自己的学生都要学会这个"脑力劳动中的重体力劳动"。他学遍了当时从最简单到最复杂的计算机知识。

1986年，美国通用机器公司下属的一个研究机构，组织了一次国际学术会议，邀请吴文俊参加。会后，美国科学家沃斯在邀请吴文俊访问阿贡实验室时，问吴文俊能不能用数学机械化方法从开普勒对行星运动的观测结果，直接导出牛顿的三定律。回国后吴文俊不到一个月时间就用数学机械化方法解决了这个难题——由开普勒的观测结果直接推导出牛顿三定律。

在把研究视线对准祖国的需要方面，袁隆平与吴文俊如出一辙。

有学者在研究袁隆平成功的内在动力和外部环境时曾提到，袁隆平的童年处在战乱时期，在兵荒马乱的逃难途中他无数次目睹祖国被帝国主义蹂躏，千万同胞惨遭杀害。动荡的童年生活激起了袁隆平的爱国爱民之志，形成了博爱友善的高尚情怀，他从小立下宏图大志，要做一个热爱祖国、有益于社会的人。这种高尚的道德情操和爱国热情一直激励着袁隆平，成为他研究杂交水稻的永恒动力和力量源泉。

20世纪五六十年代，我国普遍发生的饥馑给袁隆平留下了刻骨铭心的印象。那时在湖南一所偏僻山村农校——湖南雪峰山麓的安江农校任教的青年袁隆平便下定决心，拼尽毕生精力用农业科技战胜饥饿。因为水稻是自花授粉作物，"自花授粉作物自交不衰退，因而杂交无优势"的论断明白无误地写在美国著名遗传学家辛诺特和邓恩的经典著作、五六十年代美国大学教科书《遗传学原理》中，由此有人嘲笑"提出杂交水稻课题是对遗传学的无知"。袁隆平不打算退却，他很清楚他拥有的有利条件是其他国家科学家少有的：进行这项研究，中国有中国的有利条件，中国是古老的农业国，又是最早种植水稻的国家之一，有众多的野生稻和栽培稻品种，蕴含着丰富的种质资源；有辽阔的国土和充足的光温条件；更重要的是我们有优越的社会主义制度，可以组织科研协作攻关；有党的正确领导，任何困难都可以组织力量克服。直到今天，袁隆平都对为攻克杂交水稻难关全国13个省区的18个科研单位进行的科研大协作感慨不已，认为没有这样的大协作，杂交水稻研究绝不会取得今天这样世界瞩目的成果。

有人统计过，由于杂交水稻的研究成功，开辟了粮食大幅度增产的新途径，大面积的推广给我国水稻生产带来了一次飞跃，杂交稻比常规稻增产20%左右，为从根本上解决我国粮食自给自足难题做出了重大贡献。1976—1999年，我国累计推广杂交水稻35亿多亩，增产稻谷3500亿千克。近年来，全国杂交水稻年种植2.3亿亩左右，年增产的稻谷可以养活6000万人口。袁隆平告诉我，这是对看上去表情显得十分深沉的美国经济学家布朗"未来谁来养活中国"疑问的最有说服力的回答。

一样的"中国精神"

勤劳勇敢、吃苦耐劳、矢志不渝、百折不挠是中国人的传统精神，也是当代中国知识分子的写照。人们至今还记得陈景润身居斗室全神贯注破解"哥德巴赫猜想"的故事，吴文俊和袁隆平的科研历程何尝不是艰辛备尝。

曾在20世纪80年代与吴文俊进行同一课题研究的数学家石赫有过这样的回忆：10多年来，吴文俊身体力行，义无反顾地在数学机械化的征途上奋勇拼搏，努力攀登。在近耳顺之年，他从头学习计算机语言，亲自在袖珍计算机和台式计算机上编制计算程序，尽尝了在微机上操作的甘苦。他的勤奋是惊人的，比如在利用 HP-1000 计算机进行研究的那段时间里，他的工作日程经常是这样安排的：清早，他来到机房外面等候开门，进入机房之后是八九个小时的不间断工作；下午 5 时左右，他步行回家吃饭，还要抓紧时间整理分析计算结果。傍晚 7 时左右，他又出现在机房工作至次日凌晨。有时深夜离开机房步行回家稍事休息，四五个小时之后，又在清晨等候机房开门。他就是这样夜以继日，废寝忘食，周而复始，精力过人地工作着。在他工作的中国科学院系统科学所，他的上机时间遥居全所之冠。几经风雨，几度春秋，艰难的探索，执着的追求，非凡的努力，终于取得了举世公认的成就，为祖国赢得了荣誉。

袁隆平和吴文俊尽管研究的领域不同，但"虽九死犹未悔"的中国精神却是一致的。

袁隆平在 1964 年夏天发现水稻雄性不育株的过程，已经成为世界农业史上的经典事例。要进行杂交水稻研究就得先找到水稻的天然雄性不育株，作为培育不育系的试验材料。袁隆平为找到水稻的天然雄性不育株，"开始了一场考验信念、意志和耐心的特殊战斗"。

袁隆平的好友谢长江在回忆这段往事时说，1964 年的夏天骄阳似火，早稻正在扬花吐穗，袁隆平来到安江农场的稻田里，一垄垄、一行行地寻找着。他不停地用放大镜在扬花的稻穗上观察。一连七八天一无所获，时间从他晒得脱皮的痛苦中匆匆而过。袁隆平感受到这一工作的艰巨性，但他仍然充满信心。到了第八天，袁隆平改变了战术，决定一穗一穗寻找，这无疑又增加了劳动强度。就这样，他头顶烈日，脚踩烂泥，弯腰驼背地在稻田里寻找雄性不育株。第十三天，过度劳累使他觉得自己疲惫到了极点，他头晕目眩，两腿疲惫得站立不稳。回家后他鞋没脱，脚没洗，便一头倒在床上。

已经是袁隆平下决心寻找雄性不育株的第十六天，中午已过，他仍空着肚子穿梭在稻田里。猛然间，袁隆平感到天旋地转，两眼直冒金星，他中暑了。他取下水壶喝了几口水才觉好些。一年一度的稻谷扬花季节转瞬就过去了，时间不等人。袁隆平抖擞精神从田埂上站起来。也就是在这时候，袁隆平被汗水浸湿的眼睛盯住了一株雄花花药不开裂、性状奇特的植株上，这不就是他16天来苦心寻找的水稻雄性不育株吗？这个重大发现导致了《水稻的雄性不育性》论文的问世。这篇论文的发表，不仅证明了袁隆平培育杂交水稻的理论是科学的，也迈开了中国研究杂交水稻的第一步，它吹响了"第二次绿色革命"的号角。

我们不难想到，没有吴文俊在机房中通宵达旦的日日夜夜，没有袁隆平在水稻田中苦苦探寻的每时每刻，他们要取得举世瞩目的成就是不可想象的。他们正因为将"中国精神"发挥到了极致，才得以在世界相关科学领域向顶峰攀登的过程中，走在了最前头。

向着新境界，"跃迁"

——记国家最高科技奖获得者黄昆

一位奠基人和开拓者

有谁在 30 岁上下就在自己从事的科学研究领域攀上了巅峰？

有谁在如象牙之塔的理论物理学发展进程中竖立起一座中国人的里程碑？

有谁在功成名遂 50 年后仍保持着不断进取的心态？

有这么一个人，他就是中国科学院院士黄昆。

2002 年元旦过后几天，是北京历史上同期冬季气温创了新高的日子。中国科学院半导体研究所毗邻北京林业大学，是一个闹中取静的地方。黄昆院士办公室里热气扑面，毕竟82岁高龄了，他仍穿着带风帽的防寒服伏在案头，一笔一画地写着什么，既不停顿也不急于求成。办公室不大，陈设简单。书柜里，中国科学院前任院长卢嘉锡为庆贺黄昆从事半导体科学研究工作50周年题写的"业绩辉煌硕果累累"，以及周光召题写的"科学先驱"等大字十分显眼。黄昆院士目光坚定专注，语调平稳且具有很强的逻辑性，他认为，自己在理论物理学方面最感满意的成就有两件，现在回想起来解决得比较透彻，这就是"多声子跃迁"以及后来的一连串工作，比如"黄方程"及由此导出的耦合振荡模式。1950年黄昆31岁，他首创了晶体中多声子跃迁的量子理论，这是研究固体中杂质缺陷光谱和半导体中载流子复合的奠基性工作。1951年，黄昆又提出晶体中声子和电磁波的耦合振荡模式，1965年为拉曼散射实验所证实。后来人们把发现其他准粒子也有与电磁波的耦合振荡模式，统称为"极化激元"，今天极化激元已成为分析固体某些光学性质的基础。黄昆当时导出耦合振荡模式所依据的方程式被称为"黄方程"。

思路清晰、用语准确的黄昆院士承认上述成就"完全出自我的创造性"，"是世界公认的"。他认为，这些研究工作是51年前做的，当时的年龄是出成果的年龄，从事理论研究的人通常比从事实验研究的人表现可能要突出一点儿，而且出成绩也大多集中在30岁左右。他是想说，在理论创新方面他并不比其他大科学家来得更具天赋或更巧妙。后面将谈到，就在他取得这些理论物理学上的开创性成果的前几年，他和他那一代年轻学子的孜孜求学，恰好可作为他这番话的注脚。

曾与黄昆院士在一个研究室工作过的朱邦芬教授在谈到黄昆院士年轻时期的求学之路时说，1945年8月，黄昆到英国布里斯托大学做了莫特的研究生。曾于1977年获诺贝尔物理学奖的莫特，当时已是国际上著名的理论物理学家，他对许多物理问题有很深的洞察力，善于透过错综复杂的表面现象而把握本质；他倾向于用简单的物理模型方法解决问题而不主张借助复杂的数学推导。莫特对黄昆学术风格的形成起了决定性的作用，使黄昆"避免了在数学公式里绕圈子的这种弯路，并且懂得重视实验和理论的联系"。在两年的研究生学习期间，黄昆先后完成了《稀固溶体的X光漫射》《金银稀固溶体的溶解热和电阻率》《轻核的束缚能》三篇论文。这些研究，特别是前两项，对后来物理科学的发展都深有影响。第一篇论文提出了一种新的散射机制，即杂质或缺陷引起的漫散射，后来被称为"黄散射"。

1947年5月中旬，黄昆来到爱丁堡大学玻恩教授处短期工作。物理学大师、诺贝尔奖获得者玻恩教授是量子力学创始人之一，也是晶体原子运动系统理论的开创者。早在第二次世界大战期间，玻恩就打算从量子力学最一般原理出发，写一部关于晶格动力学的专著，但战后因忙于他事且年事已高，此事一度搁置。玻恩发现黄昆熟悉这门学科，且有深邃见解，便给黄昆看了手稿，并建议黄昆完成这部专著。黄昆从1948年开始，在4年时间内不仅以严谨的论述和非常清晰的物理图像对这个固体物理学中的最基本领域进行了系统的总结，而且还以一系列创造性的工作，发展和完善了这个领域，几代固体物理学家都通过学习这部专著而了解了"晶格动力学"这个领域。

1948 年初，此时距黄昆返回祖国还有两年多时间，黄昆应英国利物浦大学理论物理系主任弗洛里希的聘请，任博士后研究员。在两年多的时间里，黄昆除潜心编著《晶格动力学理论》外，又与他的英国同学，后来的夫人李爱扶一起在《F 中心的光吸收与无辐射跃迁理论》这篇著名论文中提出了在晶格弛豫基础上的多声子光跃迁与无辐射跃迁理论。这个理论被称为"黄-里斯理论"，里斯是李爱扶的英文名字。它成了固体中杂质缺陷上的束缚电子跃迁理论的奠基石。这期间黄昆的另一项开创性贡献是提出了晶体中的电磁波与晶体振动的格波会互相耦合，形成声子极化激元，这已成为理解电磁波与固体、等离子相互作用的一个基本概念。黄昆在处理声子极化激元时，引入了一组唯象方程来描述极性晶体中光学位移、宏观电场与电极化二者的关系，这就是著名的"黄方程"。

从茶馆雄辩起步的理论物理学家

黄昆院士称自己是"属于智力发育滞后的类型"，他认为，小学时期学习不必要求太高，因为"除去很早就识字，在小学时期常读小说和学会加减乘除之外，几乎没有学到更多的知识"。黄昆举了一个例子，似乎想说明自己并非天才。在中学时代他的语文课没有学好，"到高三时已接近不及格的边缘"。老师出作文题，他不是觉得一句话就解答了，就是觉得无话可说。1944 年黄昆参加了留美留英两项考试，留美考试未录取，后来通过别人查分数才知道语文考试只得了 24 分！在留英考试中，他的作文只写了三行就再也写不下去，只好就此交卷。后来的录取让他大吃一惊。以后有机会看到所有考生的评分，他这才知道考官显然眼界甚高，打分又很讲分寸，很多考生中文成绩都是 40 分，再没有更低的分数，他当时便是其中之一。以后虽没有再考语文，"但语文这个关远没有过去"，"拿近年来说，不少场合要你讲点话或是让你题词，我只能极力推辞，而主持人则很难谅解，这时总使我想起中学语文老师出了题我却无话可说的窘况"。

或许是启蒙之日终于到来，或许是缘于一批日后的科学精英的彼此激励，在抗日战争时期的西南联大，一批后来风云一时的年轻科学家开始崭露头角。许多年后，著名物理学家、诺贝尔物理奖获得者杨振宁回忆道，在 1941 年到 1942 年学年中，自己是昆明西南联大物理系的一个高年级学生。这个系非常小，只有 10 个教员，10 个助教，几个研究生，每个系不超过 20 名学生。在这个学年，1941 年秋季开始时出现了一张新面孔，他以旁听生的资格听了许多高年级和研究生的课程，并参加了所有的讨论，这个人就是黄昆。从此他们开始了半个世纪的亲密友谊。

当时学校离西南联大有 3 公里路，白天他们在大学校园里，晚上就回到一所中学的房间睡觉。大学校园不供应开水，他们养成了习惯，每天晚饭后回去之前用一到两个小时聚集在校园附近的茶馆中喝茶。"通过喝茶的时间我们得以达到真正的相互了解。我们讨论和争论这个世界上的一切：从古代的历史到现代的政治，从世界上大的文化事件到我们看的新电影中的细节。"杨振宁这样说道。在所有这些争论中，杨振宁记得黄昆是一个真正的雄辩家，他记得黄昆有一个倾向，那就是总是把他的论点推向极端。许多年后杨振宁惊异地发现，这一倾向在黄昆的物理研究中几乎没有丝毫表现。

他们这些茶客组成了一个有声有色的群体，但是大部分茶客是乡民、驮夫和远乡来的商人，每个人都大声叫嚷。而他们这些茶客们则叫嚷得更厉害，他们无休止地争论物理学。杨振宁记得有一次讨论的主题是按照量子力学的哥本哈根解释说明测量的意义是什么，这是一个非常微妙的问题。他们的争论从喝茶的时候开始，继续了整个晚上，一直到回到中学的房间里。熄灯后他们都上了床争论还没有结束。现在杨振宁已不太清楚那天晚上是为哪个具体问题争论，谁站在谁一边，但他清楚地记得最后他们都从床上爬了起来，点起了蜡烛，仔细地钻研海森堡《量子理论的物理原理》书上的几节，以解决争论。

那时"一盘花生米和茶就是很大的享受"，这些年轻人当时并未意识到，正是这种简单的生活形成了他们在物理方面的品位和风格，对于他们日后的事业具有重要的影响。

将近20年后，杨振宁把自己新出版的印刷精美的小书《基本粒子——原子物理中一些发现的简史》寄给了远在祖国的黄昆，在扉页上杨振宁饱含情感地写道：

"致昆，为纪念在探索现代物理奥秘时我们所共享的岁月。

"无论空间的分隔还是时间的流逝都不能减弱当年结成的亲密友谊。"

"我可能是吹牛，吹给自己听的"

众所周知，1951年回到祖国后，黄昆立即赴北京大学任教。此时新中国成立不久，国家把培养人才的工作放到了极为重要的地位。他全身心地投入了教学工作，从33岁到59岁，长达26年。

和许多人一样，我也很想知道，没能把研究工作长期搞下去，对黄昆院士来说是不是一个很大的损失。黄昆始终不同意这个看法。他认为全力以赴搞教学工作是宏观形势的需要，是个人服从国家大局的问题。他说，他先后讲了普通物理、固体物理和半导体物理三门课。在讲授普通物理课时，虽然每周只讲三次6个学时，但用于备课的时间近60个学时。"据说，我的课讲得不错，最近还有人说在北大理科的基础课教学中，以普通物理这门课受到的影响最大，这说明我全力以赴搞教学是起了较好的作用。对我个人来说，其收获是真正学会了讲课，增长了才干。"

黄昆院士50年代末的学生夏建白院士对他讲的课有很中肯的描述：他讲课不照搬书本，对当时用的苏联教材仔细钻研重新组织，在讲到"表面张力"时就琢磨出一个模型，讲课生动、吸引人。北京大学有不少名教授，各有各的特点，有人讲课时总是一黑板一黑板的公式，黄昆则深入浅出，物理概念讲得非常清楚。1958年晚上大炼钢铁，别人白天打瞌睡，他还挺有精神。那时候，黄昆担任五校联合成立的"半导体专门化"的主任，培养了我国第一批半导体人才。

黄昆院士在北京大学多年来亲自讲授固体物理和半导体物理课程，他在多年改进的讲义的基础上编著的《固体物理学》，以及和谢希德合著的《半导体物理学》都是在前无蓝本的情况下自己编著的教科书。这两本书都以讲解透彻精辟著称，在很长时间里成为我国固体物理和半导体物理专业学生和科研人员必读的著作。

至于教学与科研哪个更重要，黄昆院士不假思索地告诉我，科学研究更重要，这是科学家的第二天性。教学没有涉及开创性这个深度，所以科学研究很自然地应放在更高的位置上。对于自己的教学生涯，黄昆院士是这么评价的：对培养人才没有特别下过功夫，教学是安排的，努力做好就是，"我对自己的评价比较低，不过有时候也不算低，我的教学也有特点，这就是科研的特色"。他补充道："可能是吹牛，吹给自己听的。"

1955年黄昆当选中国科学院学部委员（院士），时年36岁，是当时最年轻的学部委员，首开纪录。

对于荣誉，黄昆院士坦言"我是有点儿疑心"，"究竟是客观的，还是炮制的，我有点儿看法。我与玻恩合写了一本书，他的名声比较大，等于我有了一块金字招牌，对我在国内外名声起了很大作用。我比较看中的是陈嘉庚奖，是在学部范围里评的，全是内行，全国顶尖的人物，一致通过。奖金不是最多，但评审手续特别细，真正同行评的。不过，这是不是很牢靠很难说。这么多学科，搞土壤、植物……我就比谁都高明？作为学术上讲正好 100 分，也很难说……"

攀上巅峰之后

1977 年黄昆院士是被邓小平同志亲自点将担任中国科学院半导体研究所所长的，可以说是当代中国科技界的轶事。当时黄昆有很大的思想包袱，深感自己的条件和所长的岗位很不相称。大约一年后他写了一封请辞信上报给时任中国科学院院长的方毅，说明自己不能适应领导工作。没过几天，方毅院长传达了邓小平同志的指示：要他当所长就是要他进所直接到实验室去。没什么可说的，他"只有丢掉包袱，尽自己能力做好所的业务工作"。

在 30 岁左右和这以后做出奠基性和开创性的科研、教学工作之后，黄昆以近 60 岁的年纪又担当起研究所一把手的重任，这在中国科技界是少见的，对于黄昆理所当然是严峻的挑战。

许多年后年届八旬的黄昆回忆，他对全所只做过一次正式口头讲话，占用约 20 分钟，讲了对全所科研工作的几点意见。对于担任半导体研究所所长的六年，黄昆的回忆中留下的是"当时不懂……"

"当时并未预见到……""对此我曾感到失望……"之类的。有一件事黄昆印象深刻，那就是为理论小组讲课，"使我大吃一惊的是，一开始讲，各室自发地就有好几十人来听讲，以至于讲课只能安排在屋顶的平台上进行，听讲人一连几个小时坐在马扎上听课。这个讲课活动进行了一年，充分显示了所内人员主动要求学习的热情"。

那么黄昆的所长当得究竟怎么样呢？黄昆走马上任时正是千头万绪百废待兴的时候，半导体所专门成立了进行基础理论研究的半导体物理研究室，但是集中了原有的理论骨干也不过九个人。黄昆让半导体物理室为他准备了一张桌子和一把椅子，此后他有了两个办公地点：所长办公室和半导体物理室。黄昆建议全所每年至少要编出一本学术工作报告年刊。编写工作开始后，黄昆不但要审查论文，还成了年刊英文版的翻译和校对。他乐滋滋地说，这是我给自己揽的活儿，也算是自讨苦吃吧。

朱邦芬教授是这样评价黄昆院士担任所长的作为的：在黄昆的带动下，半导体所的学术水平有了长足的进步，并且培养了一个理论与实验相结合的、学术空气活跃的半导体物理研究室集体。正如美国科学院院士、中国科学院外籍院士张立纲的评价：这次回来看，别的不谈，在量子阱物理领域中，国内有了非常显著的成就，尤其是半导体所，在这方面物理班子又颇具有规模，我想不亚于任何其他一处。

黄昆以身作则亲临科研一线，针对国际上在多声子无辐射跃迁理论中出现的疑难问题，重新开展了研究，终于证明在消除康登近似带来的不自洽性后，绝热近似与静态耦合是等价的。1983 年黄昆提出的无辐射跃迁理论的多声子模型，更进一步发展了无辐射跃迁理论。黄昆与朱邦芬提出的计算超晶格光学声子模式的模型，以及类体模的解析表达式，被国际上称为"黄-朱模型"。

黄昆作为学术带头人，半导体所在多声子跃迁理论和量子阱超晶格理论方面取得了新的成就，成立了我国半导体超晶格国家重点实验室，开创并发展了我国在材料科学和固体物理学崭新领域的研究工作。

有偶然发现却没有偶然创新

创新是黄昆从事 50 多年科学研究并获得杰出成就的最突出特点。

黄昆由衷赞同科技工作者都知道的一种说法：有没有创新能力，能不能进行创新，是当今世界范围内经济和科技竞争的决定性因素。黄昆说，国家最高科学技术奖的设立也是体现了要鼓励敢于创新和善于创新的精神，只有这样才能使我们国家的科学技术登上世界高峰，立于不败之地。

有偶然发现却没有偶然创新，正是基于这种认识，在新旧世纪交替之际，黄昆同郑厚植、甘子钊等几位科学家联名提出，抓住时机，紧急部署纳米量子结构、量子器件及其集成技术的基础研究。这个建议综观全局、高屋建瓴地指出，我们认为由于纳米科技正处在迅速发展阶段，一定要去搞出一个纳米科技的"准确"定义并无太大必要；重要的是国家在做纳米科技规划布局时不仅要重视近期易出有显示度工作的领域，同时更要重视那些带有根本性、规律性科技问题的研究。往往后者的突破会带来革命性的变革，它显然属于"有作为"的重要部分。他们相信，通过中国科技人员创造性的工作，我国一定会在已揭开战幕的纳米科技全球竞争中赢得受人瞩目的一席之地。

黄昆半个多世纪的科研经历用几个字概括就是"不断创新"。对此他有深刻体会：科学研究贵在创新。他曾经总结，科学研究要做到"三个善于"，即要善于发现和提出问题，要善于提出模型或方法解决问题，要善于做出最重要、最有意义的结论。"三个善于"中最重要的是要善于觉察和抓住机遇。他还认为，学习知识不是越多越好，越深越好，学习知识多少要与驾驭知识的能力相匹配。大多数在学术上有开创性的研究都不是繁复的。他认为自己的学识和驾驭知识的能力都很有限，之所以有一些成果，关键是少而精，保持学习和研究的主动性，站在前人的肩膀上而又不被前人所束缚。

他看到年轻科技人员处在创新的前沿，一大批年轻人已经在科学研究、教学领域中发挥了生力军的作用，他相信，这些年轻人会逐渐成为我们国家的栋梁。

在一次向优秀青年科技人员颁奖的仪式上，黄昆语重心长地寄语：在我年轻时，同班同学中有许多是非常出色的，但可惜到后来，有不少人却没能做出什么像样的工作。我觉得原因之一是他们兴趣太广泛。希望在座的年轻人，能够把自己做得不错的工作专心做下去。同时，年轻人要工作，也要注意身体，身体健康比什么都重要。我不主张宣传一些人为了工作就什么都不顾了。在这方面，也要有长远观点……

作为一位世界公认卓有成就的科学家，一位我国半导体学科教育事业的开创者，黄昆院士多年孜孜以求的创新经历，为我们树立了典范。

黄昆，中国共产党党员，理论物理学家，中国固体物理学和半导体物理学的奠基人之一。1919 年 9 月 2 日出生于北京，1941 年毕业于燕京大学物理系，1945 年赴英国留学，1948 年获英国布里斯托大学博士学位。1951 年回国，先后任北京大学物理系教授、中国科学院半导体研究所所长、名誉所长。1955 年被选为中国科学院学部委员（院士）。2001 年，获得国家最高科学技术奖。2005 年 7 月 6 日，黄昆在北京逝世。

黄昆对固体物理学做出了许多开拓性的重大贡献，从理论上预言了与晶格中杂质有关的 X 光漫散射，以后被称为"黄散射"。他的多声子跃迁理论，以"黄-里斯因子"而著称于世。他提出了关于描述晶体中光学位移、宏观电场与电极化三者关系的"黄方程"，以及由此引申的电磁波与晶格振动的耦合，即后来称为"极化激元"的重要概念。他与玻恩合著的《晶格动力学理论》一书，是一部有世界影响的经典科学专著。他的理论对信息产业，特别是光电子产业产生了深远影响。

探寻另一个宇宙的壮举

——丁肇中与中国阿尔法磁谱仪（AMS）

丁肇中说，它是一片很迷人的"乌云"

2005 年深秋，阿尔法磁谱仪-02 的研制正在按计划顺利进行，2008 年它将被发射升空，进行新一轮的反物质和暗物质探索。

反物质、暗物质之谜是悬浮在物理天穹之上的四朵"乌云"之一。所谓四朵"乌云"，是物理学最前沿的研究课题，是 20 世纪困扰全世界物理学家的物理学难解之谜，其中还包括类星体的超高能量、寻找自由夸克、超引力和超对称。在近十年的时间里，中国科学家与各国科学家一起，正在携手解读这朵"乌云"。

丁肇中认为，反物质、暗物质的确是一朵很迷人的"乌云"。

阿尔法磁谱仪-01于1998年6月随"发现"号航天飞机升空。此次飞行中阿尔法磁谱仪各子探测器工作正常，性能达到了设计目标，能正确区分各种原子核及其电荷。阿尔法磁谱仪首次飞行收集了2亿多个事例，其中80%为质子，20%为各种原子核，获得了许多重大物理成果，重大发现包括地球赤道上空正电子与负电子之比为4：1，首次观察到宇宙线的第二个质子谱，赤道上空氦-3远远多于氦-4等。此外将反氦存在的上限降低到10^{-6}。这是人类第一次在宇宙空间中直接测量的带电粒子，具有重要的科学意义，也为阿尔法磁谱仪在国际空间站长期运行奠定了基础。

实验进行了三年后，中国科学院外籍院士丁肇中在北京宣布：经过三年研究，原本是寻找反物质和暗物质的人类第一次太空物理实验——阿尔法磁谱仪实验已经取得了一些重要成果，并有意外发现。这些成果和发现，将有助于人类进一步探索宇宙中的最基本粒子，认识宇宙的起源。

在中国科学院创新战略论坛上，这位至今仍工作在科学最前沿的诺贝尔奖得主在题为《寻找宇宙中的最基本粒子》的报告中说，阿尔法磁谱仪显示的一系列现象，首次表明赤道上空400公里处存在一个围绕地球的质子环，质子环中向各个方向飞行的粒子强度相同，处于动态平衡状态。

"这些粒子都是高能宇宙线粒子与大气层三个特定区域碰撞产生

的次级粒子，被地球磁场约束在这个'环'中。"参与这项实验的中科院高能物理研究所所长陈和生研究员说。

让科学家感到意外的是，研究结果显示，赤道附近的正电子比负电子多一倍，而传统理论认为，宇宙是中性的，由数量相同的正电子和负电子组成。太空中，氦原子核的成分应该是氦-4占90%，氦-3占10%。但这一实验发现，在赤道附近，一个特别区域中只有氦-3。

"这又是一个奇怪现象。"丁肇中说。

"事实表明，实验的发现和原定的目标往往不同，阿尔法磁谱仪实验也不排除这种情况，因为我们毕竟站在科学的最前沿，无法预料究竟会发现什么。"丁肇中说，"这是人类第一次太空物理实验，今天看来意外的这些发现今后也许会觉得很正常。"

阿尔法磁谱仪得到了令人意外的巨大收获。

阿尔法磁谱仪未来将在国际空间站上长期观测宇宙射线，以揭开反物质、暗物质之谜。

英国著名的物理学家狄拉克早在1928年就预言了正电子的存在，他把正电子比作在真空的大海中生成的一个气泡。他觉得电子和它的反粒子——正电子都是从虚无中创生而来，或者说，电子一旦与正电子相遇，彼此便会消失得无影无踪。半个世纪以来，狄拉克的预言曾得到一片喝彩声，这倒不是因为他发现了一个真理，而是人们——大都是科学幻想家对他的奇思妙想佩服得五体投地。于是反物质从此成了离奇的科学幻想作品的绝好素材，所谓反物质宇宙、反物质人、反物质炸弹、反物质推进……从人们的头脑里源源不断地演绎出来。

根据相对论和万有引力定律，在宇宙的很多区域中，仅以我们能观察到的"亮物质"的质量计算，不可能产生现在观测到的这么大的引力，由此推断，要么是牛顿、爱因斯坦错了，要么存在既不发光、也不反光的暗物质，而且它们占宇宙总质量的比例高达90%。它们在哪里？它们由什么构成？人们一无所知。

破解"乌云"意义重大。

丁肇中说，他和中国科学家倡导并发起的这项研究眼前很可能根本没有用！但只是"眼前"没用，长远价值难以估量，这是基础研究的规律。量子力学创立之初，毫无用武之地，直到30年后才大放异彩；核物理学建立时，大物理学家卢瑟福预言，"任何人期望从原子的嬗变中获取能量都是荒唐的臆想"，然而20多年后，原子弹爆炸了，今天核科学的应用俯拾皆是。基础研究，是任何应用研究起飞的平台，具有远大目光的中国必须投入重兵。

世界最棒的航天器结构件和永磁体

阿尔法磁谱仪是人类发射上太空的第一个物理探测器，中国科学家是这项研究的最早发起者。

首次升入太空的阿尔法磁谱仪-01，其核心部分的永磁体是中国制造的。作为阿尔法磁谱仪-01中国方面的技术负责人，唐孝威院士同中国科学院高能物理研究所的科研人员一起，采用高技术为阿尔法磁谱仪设计研制了机械结构和反符合计数器，其探测效率达到了 99.99% 以上。

阿尔法磁谱仪主要由以下各部分组成：永磁体、上下各两层的闪烁体、紧贴永磁体内壁的反符合计数器、内层的六层硅微条探测器等。它的主体结构是永磁体，由钕铁硼材料制成的永磁体提供了磁场条件。该磁铁直径 1.2 米、长 0.8 米、重 2 吨、磁场强度为 1500 高斯，能长期在太空稳定运行。此外，它的漏磁非常小，磁二极矩几乎为零。阿尔法磁谱仪中安装了多种探测器。其中，硅微条探测器的作用在于测量带电粒子在磁场中的运行轨道；闪烁体探测器可用于测量带电粒子的飞行时间，由此可以知道粒子的飞行速度；反符合计数器用于排除从侧面进入磁场的不需要记录的粒子；切连科夫探测器将根据速度鉴别不同粒子。根据磁场反应的粒子电荷以及粒子的轨迹、速度、质量等信息，进而可以推断粒子的正与反。阿尔法磁谱仪-01 的最关键部件——永磁体系统是由中国科学家研制的。

中国科学院高能物理研究所、中国科学院电工研究所、中国运载火箭技术研究院承担了阿尔法磁谱仪永磁体系统（含反符合计数器初样）研制项目，内容包括：用高性能钕铁硼材料研制的阿尔法磁谱仪大型永磁体，先后共研制了四台永磁体；用于支撑大型永磁体和整个探测器的阿尔法磁谱仪主结构，先后共研制了三个主结构件；研制反符合计数器初样，并参加了飞行件的设计、研制和测试。

阿尔法磁谱仪永磁体在设计时提出了"无铁、无磁漏、无二极矩"的"三无设计原则"，采用永磁魔环结构，具有漏磁小、磁场强和二极矩小等特点，飞行磁体中心磁场达到1500高斯；主结构为双层薄壳，自重0.3吨，支撑重达1.865吨的永磁体及整个探测器，并经受了起飞和降落时巨大的加速度和剧烈振动；反符合计数器位于主结构内壁，用于识别从探测器侧面进入阿尔法磁谱仪的粒子，探测效率达99.99%以上。

1998年6月3日凌晨，中国科学院电工研究所的科研人员守在电视机前，等待载着阿尔法磁谱仪随"发现"号航天飞机升空那一刻的到来，世人瞩目的阿尔法磁谱仪核心部件永磁体就出自他们之手。在大洋彼岸美国肯尼迪航天中心，丁肇中教授在交谈中多次提及中国科学院高能物理研究所、电工研究所和航天一院，称赞"中国科学家的工作很重要"。

阿尔法磁谱仪永磁体系统研制成功及首次安全飞行，表明中国在永磁体、航天器结构件研制以及高能物理研究等方面处于国际领先水平，有力地推动了我国永磁体制造技术、钕铁硼材料研制、航天器设计和制造技术以及粒子物理探测技术的发展；为中国科学院高能物理研究所、中国科学院电工研究所、中国运载火箭技术研究院等推广其科研成果，拓宽在工农业、医疗卫生、航天航空、高能物理等行业的应用、成果转化以及进一步开展国际合作交流创造了有利条件。

独步太空的自主创新

阿尔法磁谱仪-02 将采用超导材料代替永磁材料，被称为"中国人的创新"。

中国科学院电工研究所研究员王秋良介绍说，电工研究所参与其中的失超保护系统、供气系统和测试系统容器的研制，后者是目前国内外最大的超流氦容器。2005 年 9 月在意大利热那亚召开的第十九届国际磁体大会上，丁肇中教授做了第一场报告，他的第一句话是："中国科学院电工研究所帮我建立了阿尔法磁谱仪！"

记者采访了上海交通大学教授庞乾骏，他说，阿尔法磁谱仪-02 不仅能对高能宇宙线的能谱进行非常精确的测量，还能对宇宙中其他各种同位素的相对丰度进行精确的测量。这些测量结果将帮助我们回答宇宙论和天体物理学中的一些重大问题。阿尔法磁谱仪实验包括三大主要物理目标，直指当今物理和天体物理学最重要的基本理论之谜。这三大物理目标分别是：将高能宇宙线和高能射线作为观测宇宙的窗口，研究各种未知的现象；寻找宇宙中的反碳核、反氦核及其他更重的反核，从而确定宇宙中是否存在反物质；寻找宇宙中可能存在的暗物质。阿尔法磁谱仪-02 测量带电粒子在磁场中的偏转得到带电粒子的电荷和能谱，是粒子物理、核物理研究的关键设备。它能对宇宙带电粒子进行直接观测，以开创一个全新的科学领域，带来粒子物理学的新突破。

1998 年 6 月 2 日升空的阿尔法磁谱仪成功地进行了首次飞行，为第二台阿尔法磁谱仪设计和制造提供了宝贵的经验。经重新设计后，一个全新的阿尔法磁谱仪（阿尔法磁谱仪-02）将于 2008 年送到国际空间站运行 3~5 年。

中国科学院高能物理研究所研究员吕雨生正在参与阿尔法磁谱仪-02 的研制，他说，在阿尔法磁谱仪-02 上将搭载中国科学院高能物理研究所研制的电磁量能器，它是阿尔法磁谱仪-02 上最重的子探测器，性能达到了美国航空航天局飞行发射的要求。在电磁量能器研制过程中，中国科学家突破了正弦冲击试验关键技术，较好地掌握了正弦扫描试验关键技术，而这些关键技术是中国科学家完全靠自己的聪明才智取得的，是不折不扣的自主创新。

上海交通大学承担着阿尔法磁谱仪-02 的超导磁体低温地面支持设备（CGSE）系统的研制。上海交通大学教授丁文江说，阿尔法磁谱仪-02 将是人类第一次向太空发送的首个超导磁体，上海交通大学低温地面支持设备课题组为其配套的低温地面支持设备系统也没有先例可循，它大大提升了我国超低温真空技术、超流氦输运理论与技术、超低温超高真空测量技术、系统控制与通信技术，以及系统高可靠性、完全性保证等方面的技术水平。

上海交通大学空间中心教授叶庆好是丁肇中的学生，他介绍说，阿尔法磁谱仪-02 在研制过程中，无论在经费、技术和人力上都得到了国家科技部的大力和卓有成效的支持。2003 年秋季在北京香山由科技部组织了项目评审会，丁肇中教授带领六七位国外专家参加了答辩。徐冠华部长自始至终与会，席间，徐冠华部长用英语发表了讲话，表示了对丁肇中教授等的感谢和对这个项目的支持。他说，在高科技领域中国要有自己的一席之地，锻炼队伍，提升国内相关领域的科研水平，直接参加最前沿的工作。

阿尔法磁谱仪的研制提高了广大青少年对物理和工程技术工作的兴趣，在社会上引起极大反响，提高了公众的科学素养，也提高了我国广大科技工作者致力于自主创新的信心。

在高能物理方面，中国站在了世界前沿。

一次空前的国际科技合作

阿尔法磁谱仪是丁肇中教授领导的人类跨世纪大型国际合作科学实验项目，有美国、中国、俄罗斯等16个国家和地区的57个科研机构参加。

参与阿尔法磁谱仪研制的中国科学家得到的绝不仅是世界最优秀的仪器和研制技术。永磁体制造总指挥董增仁研究员说："这次跟着丁先生，收获很大。"这是中国科学家第一次参与美国的航天试验，中外科技合作使中国科学院电工研究所的参与者有了新的收获，新的认识。

"从科研、组织方式来看，中外之间还是有差别、有差距的。"夏平畴研究员说，丁先生是走到哪儿议到哪儿再定到哪儿，而我们是议来议去难有下文。如在休斯敦与丁肇中见面，大体取得共识后，丁先生随手就在饭店便笺上写下意向书。丁先生这短短的一页，在我们这里就要写上一千页的文件。据中科院一位人士介绍，有的科研项目磨了许多年，单位之间互相扯皮，八股文盛行，好的课题思想湮灭在公文旅行中。有的研究员每次看到堆得比人还高的可行性报告，头都要发晕。严峻的形势逼得电工研究所再也不能墨守成规，为了与国际接轨，打破了计划体制下的管理常规。夏平畴说，丁先生的"逼迫"给我们带来面目全新的变化，丁先生也感觉我们反应快了，拖拉的毛病也改进许多。我们自己感到，如果放在以前一定会磕磕碰碰，步履维艰，绝不像这次与丁先生合作这么顺利，这么顺心。

上海交通大学于 2002 年正式参加阿尔法磁谱仪国际合作科技研究项目，于 2003 年 4 月成立了由丁肇中教授任名誉主任的"上海交通大学空间科学与技术研究中心"。通过项目的实施，上海交通大学与美国航空航天局、欧洲核子研究中心、美国麻省理工学院和瑞士苏黎世高等工业学校等国际著名研究机构及其学者开展了密切的交流与合作研究。上海交通大学整合相关学科资源，以参加阿尔法磁谱仪–02 国际合作为契机，借助国际著名高校和科研机构的力量，着力培养科学家队伍，构筑空间科学技术研究平台，形成自身的研究优势，由此提高学校的综合竞争能力和创新能力，并带动相关产业的发展，逐步形成重要的国际空间科学与技术研究基地之一。

上海交通大学在项目的研究过程中，得到了英国、瑞士及俄罗斯低温专家和美国、俄罗斯等国信息领域专家的协助。同时阿尔法磁谱仪的研发基地是欧洲核子研究中心，其低温方面的研究工作处于国际领先地位，有多位参与本项目研究的中方工作人员先后在那里进行联合设计工作，多次参观了先进的超流氦实验室，与低温及自动控制专家进行了深入的技术交流。研制完成的低温地面支持设备系统将分别在中国、欧洲原子核研究中心、英国、荷兰的空间及低温真空中心进行技术测试和验收。最终，该设备将在美国肯尼迪航天中心的发射平台上工作，所有的设计均按美国航空航天局的要求进行，这有助于我国低温系统及控制电路的设计与国际先进的技术要求相接轨。

七年前，在阿尔法磁谱仪-01升空之际，中国科学院电工研究所年届六旬的科学家董增仁参加了阿尔法磁谱仪-01永磁体的研制，他感慨地说道，要是再早十年该多好啊！

阿尔法磁谱仪把中国自主创新的科技成果送上蓝天，同时让中国科学家有机会站在世界科技前沿，感受到全新的发展信息，也让中国科学家体会到成功的喜悦。

背景：

阿尔法磁谱仪是丁肇中教授领导的以探索空间反物质、暗物质和载人探空过程中辐射对人体的影响为主要目的的大型国际合作科学实验项目，是人类送入宇宙空间的第一个大型物理探测仪器，是国际空间站上唯一的科学实验，它是一项富于原创性的重大前沿基础研究项目。它的主要目标是精确测量高能宇宙线的能谱，寻找反物质以及暗物质，测定宇宙射线中各种元素和同位素的含量，研究在飞往外星球过程中宇宙空间辐射对人体的影响，研究 γ 射线物理以及捕捉新的奇异物理现象。阿尔法磁谱仪-02 中最关键的部件是超导磁体。上海交通大学负责研制的低温地面支持设备（CGSE）是在发射前对超导磁体完成冷却、测试和超流氦加注的重要系统。阿尔法磁谱仪-02 是人类第一次向太空发送的超导磁体，为其配套的低温地面支持设备属我国科学家的首创。这项研究是以国际合作为平台发展空间科学和关键技术研究的极佳切入点，对重大基础研究领域和军事国防领域均具有重要意义。

反物质和暗物质宇宙中究竟有没有反物质？现在还不清楚。按目前公认的假设，大爆炸会产生质量相同、电性相反的两种物质，有人认为反物质大量存在，只是存在于遥远的反物质宇宙中。有无反物质在地球上没法找到答案，因为反物质一旦进入大气层就"湮灭"了，只有到宇宙中研究，才能搞清反物质的真相。

如果反物质世界距我们并不遥远，那里生成的反质子和反氦原子核就会以宇宙线的形式，往来于星河系，其中极微量的反粒子也许会来到地球。反氦原子核是物质世界中的粒子在碰撞等过程中不能生成的，如果我们从宇宙线中发现了反氦原子核，那么我们就算拿到了反物质世界存在的证据。

如果反物质世界在我们的近旁不存在的话，那么科学家观测到的反质子又来自何方呢？科学家倾向于认为，反质子是宇宙中若干基本粒子发生反应的产物，如果情况确实如此，由于科学家从宇宙线中仅检测到极稀少的反质子，倒可以认为那为探索发生在宇宙空间的，令人感兴趣的基本粒子反应创造了契机。

在现代宇宙理论中，宇宙是从"虚无"状态诞生的，随即经历了急速膨胀，形成一个超高温的火球——"大爆炸宇宙"。大爆炸宇宙充满极高能量。在这种高能状态下，可能产生了大量大质量粒子，此后随着宇宙的膨胀，在温度下降的过程中，这类大质量粒子崩解成为质量较小的粒子，在这时候生成了粒子和反粒子。如果这时产生的粒子与反粒子数量相同，那么随着宇宙空间温度下降，粒子和反粒子就会相遇并湮没，同时释放出 X 射线、介子和光，以及极大的能量。情况果真如此，最终宇宙中就不会存在粒子和反粒子，银河系和地球当然也就不会存在了。然而，当这类质量相当大的粒子崩解时，极微弱的粒子与反粒子的平衡会被打破，比如从比例上来说，对应 1 亿个反粒子，生成的粒子数是 1 亿个加 1 个，很快，1 亿个粒子与 1 亿个反粒子相遇湮没，留下 1 个粒子，于是剩余的粒子聚集成为物质，进而形成了充满宇宙的星系和各种天体。科学家认为，这微不足道的粒子与反粒子数量上的区别，导致了大质量粒子崩解时被称为"CP 对称性破缺"的基本粒子现象。

上面谈到的"CP 对称性破缺"在整个宇宙中都无例外，可以认为，整个宇宙都是由粒子构成的。不过，如果这种"CP 对称性破缺"只发生在宇宙的局部，那么宇宙的某个空间里就有可能生成大量的反粒子，这样一来由反粒子构成的星系和种种天体，也就是说反物质世界不就产生了吗？我们不妨想象：宇宙某个范围是物质世界，另一个范围是反物质世界，而我们人类只是偶然居住在物质世界里……

宇宙中充满了用光和电磁波无法观测到的"暗物质"，暗物质的全部质量估计有可见物质全部质量的几十倍。暗物质究竟为何物，目前仍不清楚，不过关于基本粒子的"超对称论"所预言的超对称性粒子，有可能被认定为暗物质。如果超对称粒子就是暗物质的话，它们就会在银河系内以 0.01 倍的光速往来奔突，这种超对称粒子彼此碰撞，就有可能在产生极微量的质子的同时，产生反质子。

丁肇中（Samuel C. C. Ting），实验物理学家，诺贝尔物理学奖获得者。1936 年 1 月 27 日生于美国密歇根州安阿伯城，祖籍中国山东日照。1959 年获美国密歇根大学物理学学士和数学学士学位，1962 年获该校物理学博士学位。1969 年任美国麻省理工学院物理系教授，1975 年当选美国艺术和科学院院士，1977 年当选美国国家科学院院士，1994 年当选为中国科学院外籍院士，1982 年至今在欧洲核子研究中心的正负电子对撞机 LEP 上领导 L3 实验。

丁肇中长期从事高能物理实验，在精确检验量子电动力学、量子色动力学和电弱统一理论，寻找新粒子和新的物理现象，取得了一系列重大成果。1965 年发现反氘核；1967 年测量电子半径；1969 年测量普通光和有质量的光（即矢量介子）之间的转变，证明高能量普通光可以变成矢量介子；1974 年发现第 4 种夸克的束缚态——J 粒子，因此获 1976 年诺贝尔物理学奖；1979 年发现胶子喷注；1989 年确定三代中微子种类的数目只有三代；1994 年与中国科学家合作进行 AMS 实验，在空间寻找反物质和暗物质；1998 年在太空中首次发现氦-4 和同位素氦-3 的空间分布是不同的；2015 年首次发现在太空中有大量高能正电子，这些正电子很可能是暗物质碰撞所产生的。

人到云上海似怀

——记"远望"号总设计师、中国科学院院士许学彦

许学彦对我说，他生活得很平淡。

这是在他窗口朝向黄浦江的办公室里，他对我说的第一句话。江风飒飒地吹动着窗帘，在窗口远眺浦东，这4月底暮春的清风吹拂脸上，令人心旷神怡。他刚从北京返回上海，此行他是以中国科学院老院士的身份去提名推荐新院士，显然他对新推荐的院士是满意的。

我努力去理解许学彦所说"平淡"的含义。

他一般不写什么心得、体会、回忆一类文字，要是偶然写上几页，也从不保存。几年前，有关方面请院士们撰写《院士自述》，他终于动笔写了，寄出去了，但是对方来信说没有收到，请他再寄一份。可是许学彦没有留底儿。至今厚厚几大部《院士自述》中关于许学彦院士的仍为"阙如"。这就是我在《院士自述》中没有找到许学彦院士的"自述"的原因。这些大概能理解为"平淡"？

许学彦说，他身体不大好，走路像走在棉花上，现在颈椎有骨质增生，心脏也有问题，要说做些什么，不外开开评审会、设计方案审查会一类，做些拿主意的事情。这也许能理解为"平淡"？他说，他现在在思考民用船只发展动向方面的问题，看一些书籍，写了一些民用船只方面的文章。这也许也能归于"平淡"？

由他担任总设计师建造的我国第一艘万吨轮"东风"号、第一艘远洋航天综合测量船"远望"号、曾远征南极的"J121"远洋打捞救生船……许多令世界瞩目的科技成就，在这位院士心目中仿佛已成往事，可是这"平淡"吗？在交谈中，许学彦一句也没谈到这些。

许学彦十分兴奋地对我说，他正在看一本书，他用拇指和食指一比："这么厚。"

"我很佩服作者！"许学彦感慨地说。

这本书所写的是关于航空母舰的设计和建造经费及后勤保障方面的设想。许学彦说，这本书的作者花了很长时间坚持研究，精神可贵。他说，航空母舰要买的话，人家给你的是很落后的，先进的人家也不卖。关于航空母舰，我不便向这位中国的舰船设计大师多问什么，但是我不难从他偶尔道出的"海洋国土""群岛"一类词句中想象他思绪中很不平淡的那部分。

许学彦院士经常做一桩很"平淡"的事，这就是为那些热心国防建设的中学生们回信。许学彦常收到很多中学生的来信，为这些年轻人的爱国热忱所鼓舞，也感到欣慰。一位科学院院士与中学生交朋友，这多"平淡"！

这些热情如火的中学生写信给许学彦，表达他们从事舰船研究的热望，有的人还寄来了自己的设计构想：造条潜艇像鱼一样……许学彦郑重地摊开信纸认真地为中学生们回信，鼓励他们好好读书，做国家需要的品学兼优的全面发展的人才。

许学彦童年不幸因细菌感染，左腿患严重的丹毒症，明显粗于右腿。他在左腿上裹上了几层绑腿抑制肿胀。我看到他从不到一张单人床板宽的弄堂口走出来，明显地跛脚，但他坚持认为"走路不稳是脑子里的问题"。

他很认真地对我说，他实际上不是很有本事，比起那些有本事的学长们，他只是"人生机遇比较好"；比起那些年轻人，自己只是经验丰富一些。

他还很认真地对我说，他也不算很勤奋，如果再勤奋一点儿就好了……

一声长鸣的汽笛声震荡黄浦江两岸，从许学彦位于大楼18层的办公室窗口俯身望去，一艘刚刚远涉重洋出访归来的新型导弹护卫舰，正徐徐进港。许学彦没有起身，他说，这是……像在介绍一位他熟知的老朋友。

时近正午，许学彦从办公桌一个抽屉中拿出一个黄色的饭盒，脚步蹒跚着走向楼梯，汇入和他一样手持饭盒的同事们中间。这也是很"平淡"的。

许学彦院士讲了一个多么"平淡"的故事啊！

许学彦，中国共产党党员，新中国造船事业的重要奠基人之一，著名舰船研究设计专家。1924 年 5 月 11 日出生于江苏武进。许学彦从小立志造船，高中毕业后进入重庆交通大学造船系学习，1948 年毕业于上海交通大学。1951 年开始船舶设计生涯，一生致力于船舶建造，历任中国舰船研究院 708 研究所副所长、总工程师等职。1993 年当选为中国科学院院士。2016 年 3 月 10 日，许学彦院士因病逝世。

他主持设计了我国第一艘万吨级远洋货轮"东风"号，海军重点、批量生产并出口的"62"型高速护卫艇，国家重点"718工程"中的主要三型船舶：远洋跟踪综合测量船队主测量船"远望"号、海洋调查船"向阳红10"号和远洋打捞救生船"J121"号，为我国造船工业进入国际市场做出了重要贡献。

广其学而坚其守

——记电波传播专家、中国科学院院士吕保维

在我看来，吕保维院士比我想象的要年轻，思维更有活力。

回首一生的求学、科研生涯，他有两样信念始终不渝，一是追求真理，二是不断学习不断有所创造。追求真理的结果，使他在1947年获得美国哈佛大学博士学位后的第二年——1949年便冒着危险，决心回国为祖国的建设尽一份力量。他告诉我，自己在报纸上看到解放军节节胜利的消息后，以往研读过的一些马克思主义的书籍帮助他确定了人生的这一重大选择。他记得那时从美国到远东还没有正规的航运交通，他便来到旧金山等待机会，终于等到了一艘去香港的货船。这艘货船是运送各种杂货的，他躲在船舱底下实现了归国的愿望。船到香港后才知道，从香港到广东也没有正常交通，于是只好找了一艘小货船先到塘沽再转赴北京。用"归心似箭"来形容当时吕保维的心情恰如其分。他说，去美国时坐的是客轮的头等舱，回来时却躲在船舱底下。到塘沽时他走上甲板，吃惊地发现，甲板上还有猪在跑来跑去……想到应当回国报效，苦也就不觉得苦了。

当吕保维院士在走廊中迎向我时，我看到他这几步路走得挺艰难，像是一位患偏瘫的病人正在恢复中。在我们交谈过程中，他思绪清晰、敏捷，恰和他蹒跚的脚步形成鲜明的对照。他列举了所患的冠心病、糖尿病、痛风……就是没有我猜测的脑血栓。

全国电离层观测站网是1956年在吕保维具体主持下靠我国自己的力量建立的一项大型科研设施，观测设备是自力更生设计和研制的。这个电离层观测站网东起吉林省长春市西至新疆喀什，北迄内蒙古满洲里南到海南岛海口。为了建立这10个电离层观测站，我们不难想见当时他是如何奔走劳顿的。

建立全国电离层观测站网是吕保维院士科研生涯最得意的一项创造，这个电离层观测站网为我国电离层研究和短波无线电通信频率的预测打下了基础。其实，他在电波传播理论的研究方面也多有建树，他主持了对流层前向散射传播实验，为设计对流层散射通信设备和建立这种通信电路提供了依据；他从事的无线电波的对流层和电离层前向散射传播理论的研究，对前人的工作有所发展；他从事的无线电波绕球地面的传播理论的研究，指出了前人工作中忽略了的一个必要条件。

　　吕保维承认他不是一个轻易退缩的人，这种顽强个性来源于他艰难的童年和青少年时期，他是一个孤儿，父母很早就去世了，他必须努力自学和生存。这种顽强个性也来源于他的信念，这就是他说的，搞科学的人虽然改变不了社会太多，但科学、生产都有其规律性，不按规律做就做不通。我们需要很多知识，像集成电路、微电子学……打仗、生产都离不开。很好地掌握了科学技术，就对推动社会前进做了贡献，这就是恩格斯所说的得到了自由。

　　他恪守信念，坚持正确意见，在1978年担任中国科学院电子研究所所长，将已变为电真空专业的研究所恢复为综合性电子研究所。这件工作也耗费了他不少精力。这种恢复性的工作也是某种意义上的开创性工作，因为若把复杂的人为因素包括在内，那种艰辛就不一般了。他在讲述这段经历时很有几分自得的神色。他相信人的天赋，不过他说，有天赋是父母给的，不足以自满，关键是要有获良好培养的社会条件和发挥先天条件的自觉努力，要为国为民为人类多做贡献。这就是所谓"广其学而坚其守"。

　　年逾八旬的吕保维院士正在完成一部专著，他表示尽管身体不大好，但"还是要交卷的"，书中还要加一些内容，他还在带博士研究生。

　　科学院院士是谈不到什么退休的，他对宇宙学颇有兴趣并有一些创新的见解，决心在有生之年在基础科学和应用基础科学方面再做一点贡献。

待腿脚利索一点儿，他还要像以往那样每天清晨穿过中关村大街到北京大学校园幽静的一隅去练气功，活动活动。按自己的意愿干事是他最感高兴的事，科研、锻炼皆然。

吕保维，电子学家、电波传播科学家，中国电波传播研究的创始人之一。1916 年 7 月 22 日出生于江苏常州武进，1939 年毕业于清华大学，1944 年获美国麻省理工学院硕士学位，1947 年获哈佛大学博士学位。1949 年秋回国，先后任中国科学院电子学研究所研究员、所长。1980 年当选为中国科学院院士。2004 年 2 月 10 日，吕保维在北京逝世。

他曾经主持规划和建立合理布局的全国电离层观测站网；从事卫星式飞船与地面短波无线电联络中传播问题的研究，提出沿 F 层最大电子密度处"滑行"传播的概念；提出关于电磁单位制的建议，建议创立两种新的 CGS 制；提出一种便于对各种不同根数的人造卫星轨道摄动进行计算的方法；主持对流层前向散射传播试验并从事理论研究。

选择高压环境的人

——记耐压结构专家、中国工程院院士徐芑南

　　6000 米以下的深海，漆黑、死寂，在这里，人会感到时间的停滞，仿佛世界上只剩下自己。

　　6000 米以下的深海仍涌动着方向莫辨的洋流。在海洋中每下潜 10 米，每平方厘米至少增加 1 公斤的压力，不难计算，在 6000 米以下的深海，一个表面积 3 平方厘米的玻璃球将承受近 2 吨的压力，一个表面积 1 平方米的人将承受超过 6000 吨的压力，这种压力足以让任何闯入这个禁区的陆地动物灵魂出窍。

　　徐芑南便是与这种深海环境打交道的人。

　　深海的沉重压力，不管是真实的还是模拟的，不是作用在徐芑南的身上，而是作用在他的精神上。多年来与重压的抗争成就了他的事业，也成全了他思考缜密、热情如火、办事干练的风格。

几天前，他刚刚捧回了国家科委、国防科工委授予他领导的研究集体的集体先进一等奖，以及授予他本人的个人先进一等奖。他和他的科学家集体出色地完成了"863 计划"、"八五"重点攻关项目——6000 米深海无缆自治水下机器人的设计、建造和太平洋深海试验，而徐芑南是这个项目的总设计师。

近年，开发海底锰结核这一重要矿产资源已成为各国争相下大力气竞争的领域，谁有本事摸清联合国海底管理委员会划定的海域的海底锰结核状况，谁就有权开采；谁摸不清资源的底数，不但无法下手开采，还得将相当部分海域交回联合国。于是摸清划给我国的 15 万平方公里海域海底锰结核的丰度、海底地形、地质状况，为进一步投入开采做好准备，就成为"863 计划"自动化领域中的"重中之重"。摸清锰结核底数之后，中国还得将 15 万平方公里海底面积的一半交还联合国。如何让自己能够留下的 7.5 万平方公里海底是锰结核的富矿，靠什么摸清家底，成为摆在徐芑南和他的科学家集体面前的重大课题。

要深入太平洋洋底，没有深潜水下机器人不行，仅能下潜几百米、两三千米也不行，这种深潜水下机器人必须能深潜 6000 米以下，这样才能在相应海域海底执行勘察作业，而且有了这样的水下机器人，在全球 97% 的海洋洋底，我们就能畅行无阻了。

这种水下机器人必须是全自动、智能化的，深海条件不允许它用电缆与母船相连。几个有能力研制 6000 米深海机器人的发达国家，都发生过深海机器人泥牛入海一去无消息的丢失事故。

作为总设计师，徐芑南深知无缆自治水下机器人是当今高技术的密集体，涉及信息技术、智能控制、水中通信、水声技术、新能源、新技术和深潜技术等高技术领域。这种水下机器人除必须克服一般水下恶劣环境外，还要抗住 60 兆帕的巨大水压，相当于一只手掌上叠了 50 辆小轿车，研制难度可以想见。

徐芑南的确不像一个多年在巨大压力下生活的人，他用迅速、有力的手势协助表达了这样的思索：这种机器人的研制显示了一个国家高技术的总体实力，对开采我国深海多金属结核矿，开发我国海洋资源、维护我国海洋权益都有着重要意义。

徐芑南已年过六旬，多年从事国防科技研究养成了他一丝不苟的严谨作风和组织科研大战役的才能。他精通水下结构，在深海机器人研制过程中也尽可能发挥每个专家的长处。他相信"最优化"的设计，谁是拧螺丝的人，螺丝是谁管的，谁对螺丝的责任就最大。在这种情况下他常常会激动起来：试验就要开始，徐芑南当着每个人的面，一个人一个人地问：

"你负责的是什么？"

"为了保证性能可靠，你采取了什么措施？"

在这种时候他是不讲情面的，他们不能在深海机器人丢失以后望洋兴叹。

终于，深海机器人像驯服尽职的海豚，在太平洋底按着科学家们的意愿采集了大量资料、数据后，又高兴地浮现在徐芑南和他的同事们面前。

两个多月的海上试验，每天徐芑南都吐得一塌糊涂。

试验队出海前，国家科委常务副主任朱丽兰专门发来了慰问信，试验结束后，她又亲自到机场迎接试验队。

1997年4月下旬，我在中国船舶工业总公司七院七〇二所访问徐芑南的时候，得知这位著名舰船工程专家已被提名候选中国工程院院士。我想，这是对这位选择高压环境、研究耐压结构的科学家的生涯的公正回报。

徐芑南，中国共产党党员，中国深潜技术的开拓者和著名专家之一，"蛟龙"号总设计师，中国工程院院士。1936年3月4日出生于浙江宁波，1958年毕业于上海交通大学造船系。早年主持创建的迄今我国最大的深海模拟实验设备和潜艇圆柱耐压壳结构强度稳定实验技术，已成为各种潜艇、水中兵器和深潜结构研制所必不可少的手段，为我国向深海进军奠定了基础。80年代末作为总设计师成功地研制了300米仿人型常压潜水器，载人或无人双功能常压潜器，600米重型缆控作业型无人潜器，6000米自治水下机器人；任副总设计师研制成"863计划"1000米无缆水下机器人，为我国深潜器高技术赶上国际先进水平做出了贡献。任总设计师设计的"蛟龙"号于2012年连续创造中国载人深潜纪录，当前下潜最大深度达到7062.68米。

永恒的微笑

——弥留之际的陈景润院士

　　1996 年 3 月 19 日傍晚，北京中关村医院内科护师邱伶拖着疲惫的身躯心思茫然地推开了家门，对着尚在中关村三小五年级读书的儿子脱口而出："陈景润不在了！"

　　儿子沉吟了一下说："又少了一个大数学家！"

　　曾因终生致力攻克著名的"哥德巴赫猜想"并取得世界领先成就，在数论领域建树卓著的中国数学家陈景润积劳成疾，在这一天与世长辞。

　　陈景润在 1993 年 11 月 27 日因病情恶化住进中关村医院以后，邱伶、宋小利、张铭等医护人员，以及内一科主任李惠民等与陈景润朝夕相处了两年多。在陈景润住过的内科 7 号病房门口，护士张铭喃喃地说，我总有一种错觉，总觉得他还会回来；心里真不是滋味。静静的病房和罩在 13 号病床上雪白的床单，似乎在叙述着刚刚发生过的一切。

1 月 25 日早上 6 点钟，陈景润呼吸停止，心脏停搏 30 分钟。在他自主呼吸停止 3 个半小时的时间里，中关村医院的医护人员不遗余力地进行了心肺复苏抢救，在抢救同时发出了病危报告。在陈景润住院两年多的时间里，医院方面已多次发出病危报告。

1 月 26 日下午。

陈景润病情恶化的消息受到中共中央组织部、中国科学院和卫生部的极大重视。中关村医院提出紧急会诊要求，卫生部一位负责同志问，需要哪家医院、哪些科室会诊？

李惠民主任鉴于陈景润曾在北京医院住院治疗，提出请呼吸科和神经科专家会诊。当天 11 点钟左右，会诊意见出来了，陈景润患有帕金森氏综合征、多脏器衰竭，还患有吸入性肺炎。这后一种病是由他吞咽困难，将食物渣滓吸入气管、肺部所致，这也造成了他气管内的大量痰液。会诊专家们肯定了中关村医院的抢救是成功的。

心肺复苏成功之后，经过一番紧张磋商，专家们决定将陈景润转入北京医院救治。1996 年 1 月 27 日下午 5 点半，在中组部、中科院和中关村医院医护人员护送下，陈景润被送往北京医院。由于途中颠簸，陈景润因为痰液堵住呼吸道，发生窒息。车内没有吸痰装置，护士只好用注射器吸，后来干脆通过胶管用嘴吸。年轻的张铭头上、身上、口罩上沾满了痰液。就这样，从西直门立交桥开始，走走停停，陈景润情况不好，汽车便靠到路边马上抢救。从这时算起，已危在旦夕的陈景润又顽强地走过了一个月零 20 天的生命历程。

护士们在谈到陈景润时，脸上充满着感怀的神情。邱伶和张铭都谈到，在给陈景润输液时，他总是用口齿不清的语音告诉护士不要把针扎在手上，还是扎在脚上，因为他还要看书。不过宋小利又说起一个相反的例子：那天病房很多病人需要照料，宋小利小声对陈景润说，那边很多病人在等我，这次就扎手吧，陈景润服从地把手伸了过去。

在整个治疗期间，陈景润与医护人员建立了非常融洽的关系。

由于全身肌肉萎缩眼皮睁不开，他便凭着脚步声和说话声判断进来的是谁。有时为了尊重护士，他就用双手撑开眼皮向护士打个招呼。令人吃惊的是，当他在细谈他带的学生的论文和资料时，眼睛居然睁得大大的。他总是一手撑着头，一手举着资料……一次，邱伶跟他开玩笑，你带得了学生吗？陈景润只是咧嘴笑起来。

在住院治疗期间病情稍缓，陈景润就坐在木凳上一脚蹬着床沿看书，或是在纸上写着谁也看不懂的东西。

陈景润长期忍受疾病的折磨，有时忍耐不住就大声地哼、叫，影响了其他病房病人的休息，有人向护士们提意见，是不是给这个病人换换床位。当他们听说这是陈景润时，大家就不说话了，反而十分注意自己不要弄出响动。

住院期间，陈景润生活很有规律，每天早上听新闻联播，按时作息。他是遵守院规的模范。前年春节，他想回家过春节，亲自用状如鸡爪的手十分艰难地写了一张字迹歪歪扭扭的假条。

陈景润病重住院，他的夫人由昆焦心如焚，每次来医院看望总要给陈景润刮胡子、擦脸。他们的儿子、北大附中初二学生欢欢一到病床边就拉着爸爸的手聊个不停。此情此景令医护人员们感动不已。

陈景润是中国最知名的科学家之一，能看到陈景润，青少年们更引以为荣。一次，护师邱伶带着自己的侄女、石油附小五年级学生芮乐微来看陈景润：教授，我姐姐的女儿来看你！陈景润俯起身子，用勉强能够辨别的声音说："你好好学习！"芮乐微为这次会见写了一篇日记，得了一类文的好成绩。

陈景润是一个"怪人"，他打针时不敢看，可是面对几种严重疾病的夹攻，他又显出了十分无畏的态度。1995年他62岁生日那天，他的病房里摆满了鲜花，医护人员向他祝贺，中科院领导也到病房来了。他愉快地向大家致意：你们好！在1994年元宵节医院组织的联欢会上，接到邀请陈景润很高兴地说"好呀！"并和大家一起唱起《团结就是力量》。

为了表达他对医护人员的感谢，在入院两年整的1995年11月30日，陈景润把自己一张照片送给了宋小利护师。这是他在病房照的，照片上他留给了我们永恒的微笑……

直到今天，张铭仍似乎觉得陈景润会回来的。在7号病房13床的名下，她总是不由自主一抬手就写上了"陈景润"几个字。医护人员们每天走过 7 号病房门口，总是要停住脚步站一会儿。在 7 号病房 13 号病床上，至今没有安排病人，仍是一袭白得耀眼的罩单……

陈景润，中国著名数学家。1933 年 5 月 22 日出生于福建省福州市，1953 年毕业于厦门大学数学系。1953 年在北京四中任教，1956 年回厦门大学数学系任助教，1957 年调入中国科学院数学研究所，历任中国科学院数学研究所研究员、所学术委员会委员。1980 年，当选中科院物理学数学部委员（院士）。1996 年 3 月 19 日，陈景润在北京去世。

他潜心研究数论，对组合数学与现代经济管理、科学实验、尖端技术、人类生活的密切关系等问题也做了研究。曾荣获国家自然科学奖一等奖、华罗庚数学奖等。1973 年，他在《中国科学》杂志发表了哥德巴赫猜想"1+2"详细证明，引起世界数学界轰动，被公认是对哥德巴赫猜想研究的重大贡献，是筛法理论的新高度，国际数学界称之为"陈氏定理"。